Chère lectrice,

Rappelez-vous…

En 1935, Marco Barone perd ses parents. Très liés aux Barone, les Conti lui donnent du travail au restaurant qu'ils tiennent dans le quartier italien de Boston. Antonio Conti a de grands projets pour lui : il veut que Marco épouse sa fille Lucia… Mais une scandaleuse passion en décide autrement : amoureux fou d'Angelica Salvo (fiancée à Vincent, le fils d'Antonio), Marco s'enfuit avec elle. Nous sommes le 14 février, jour de la Saint-Valentin, symbolique s'il en est.

La colère des Conti n'a pas de bornes. Blessé dans son orgueil, Antonio rompt avec les Barone. Quant à Lucia, folle de rage, elle maudit Marco et toute sa descendance, auxquels elle promet des Saint-Valentin noires et douloureuses, en souvenir de la trahison.

Des amours de Marco et Angelica vont naître Carlo, Paul et Luke… et une formidable réussite économique et sociale grâce au business qu'ils ont lancé : Baronessa Gelati. Lorsque Carlo atteint l'âge de se marier, Baronessa Gelati est au top 500 des plus grosses fortunes mondiales. Carlo épouse alors Moira Reardon, fille du gouverneur du Massachussetts. Le couple aura huit enfants.

Au moment où s'ouvre la saga Les Barone et les Conti, nous sommes en 2003. Les huit héritiers Barone sont désormais adultes, riches et habitent toujours Boston, près de Carlo et Moira. Marco, Angelica, Vincent sont morts. Mais Lucia vit encore et elle n'a toujours pas pardonné.

Résumé des volumes précédents…

Avec Nicholas, (L'aîné des Barone) puis Colleen (La brûlure du passé), vous êtes entrées dans le monde brillant et farouche des Barone. Des Conti, vous avez fait la connaissance dans de sombres circonstances : ont-ils commandité le sabotage de la dernière opération de communication et de prestige de Baronessa ? En tout cas, l'image de la célèbre société en a sérieusement pâti et c'est Gina qui a dû s'employer à redorer son blason, avec le consultant Flint Kingman, qu'elle a finalement épousé (Les feux du désir). Une tout autre facette de l'univers des Barone vous a été révélée par la vie discrète et passionnée de Rita Barone, infirmière, dans Un lien secret. Toute dévouée à son exigeant métier, Rita songeait peu à l'amour. Pourtant, dans le milieu de l'hôpital, elle a trouvé un admirateur aussi secret et ardent qu'elle… Le mois dernier, le ciel s'est de nouveau assombri pour les Barone : une trahison établie, des bureaux qui flambent, Emily amnésique mais menacée par les informations qu'elle détient sans le savoir…, avec Secret sur un scandale, la passion n'allait pas sans frissons. Mais voilà que l'émotion pure est sur le point de submerger le clan Barone : quand Alex Barone rencontre Daisy Cusak, il n'est plus question que de sentiments profonds, généreux et éternels.

La saga Les Barone et les Conti se poursuit. Vous la retrouverez chaque mois, jusqu'en décembre 2004.

La responsable de collection

MAUREEN CHILD

Née en Californie, Maureen Child a une passion pour les voyages. Jamais elle ne laisse passer une nouvelle occasion de partir à l'aventure (avec son mari, tout de même… !) et à la découverte d'un pays. Mais son grand amour, c'est la littérature, l'écriture. On ne s'étonnera donc pas qu'elle soit l'heureux auteur de plus de soixante romans, qui ont tous un point commun : sensuels et pleins d'émotion, ils se terminent bien. « *Le happy end*, affirme Maureen, voilà ce qui fait de mon métier le plus beau métier du monde ! » On la croit volontiers !

*Cet ouvrage a été publié en langue anglaise
sous le titre :*
BEAUTY & THE BLUE ANGEL

Traduction française de
ALEXANDRA TEISSIER

HARLEQUIN®

est une marque déposée du Groupe Harlequin
et Rouge Passion® est une marque déposée d'Harlequin S.A.

Originally published by SILHOUETTE BOOKS,
division of Harlequin Enterprises Ltd.
Toronto, Canada

Photo de couverture
© JOE CORNISH / GETTY IMAGES

MAUREEN CHILD

Le serment d'Alex Barone

COLLECTION ROUGE PASSION

*éditions*Harlequin

PRÉSENTATION DES PERSONNAGES

Faites connaissance avec les membres des deux puissantes familles ennemies, les Barone et les Conti. Ce mois-ci…

QUI SONT-ilS ?

ALEX BARONE :

Pilote d'élite dans la marine nationale, la seule fois où il a laissé ses sentiments prendre les commandes, il a payé le prix fort. La malédiction de la Saint-Valentin s'est abattue sur lui. Désormais, il est totalement absorbé par son métier et ne veut que des liaisons éphémères.

DAISY CUSAK :

Elle aussi a commis, un jour, l'erreur de permettre à son cœur de diriger ses actes : elle a confondu avec un amour vrai l'intérêt purement physique d'un homme à son égard. Cette erreur lui coûte cher : la voilà seule, et enceinte. Avec son seul job de serveuse chez Antonio Conti pour élever le bébé sur le point de naître.

1.

Surgie au creux des reins, la douleur, fulgurante, s'enroula autour du ventre et le traversa de part en part.

Puis, tout aussi brusquement, ce fut l'accalmie.

— Ce n'est rien, chuchota Daisy Cusak pour se donner du courage, caressant de la paume son ventre bombé. Allons, beauté, ne fais pas ça à ta maman, d'accord ?

Depuis le matin, les contractions revenaient par intermittence. Pas de quoi fouetter un chat : elles ne signifiaient rien tant qu'elles ne devenaient pas régulières et espacées de quelques minutes, tous les spécialistes s'accordaient sur ce point dans les ouvrages qu'elle avait consultés. Une heure et demie entre chaque, ce n'était pas encore du sérieux.

En outre, comme toujours le vendredi soir, le restaurant était bondé. Daisy pouvait espérer récolter un lot de pourboires conséquent — une rentrée d'argent bienvenue, en ces temps difficiles.

Autour d'elle résonnait le brouhaha coutumier des cuisines : le claquement des casseroles sur les comptoirs, les marmonnements exaspérés du chef, un fracas de porcelaine… L'ensemble composait la musique de fond traditionnelle de Chez Antonio accompagnant le ballet ininterrompu du service.

Voilà quatre ans que Daisy pratiquait ce métier de serveuse et, de son propre aveu, elle y excellait. Alors que la plupart des gens ne le considéraient pas comme une carrière de premier plan, Daisy l'adorait : faire de nouvelles rencontres chaque soir, s'occuper avec un soin particulier de la poignée d'habitués prêts à patienter une demi-heure pour le seul plaisir d'être installés dans sa zone…

Et puis, travailler pour les Conti était un vrai bonheur. Dès sa grossesse connue, loin de faire mine de la renvoyer, tous les membres de la famille l'avaient incitée au contraire sans arrêt à se reposer, à s'asseoir les pieds relevés sur une chaise… Il y avait toujours quelqu'un pour l'aider à transporter les plateaux surchargés et la jeune femme avait d'ores et déjà reçu l'assurance que son poste l'attendrait à l'issue de son congé maternité.

— Tu verras, souffla-t-elle à son enfant. Ce sera fantastique. *Nous* serons fantastiques !

— Tout va bien, Daisy ?

Celle-ci se retourna vivement et sourit à Joan, affichant une parfaite désinvolture.

— Tout va très bien, merci.

Sa collègue et amie, qui la connaissait mieux que personne, ne parut guère convaincue. Daisy se reprocha de n'être pas plus douée pour donner le change.

— Si tu faisais une pause ? suggéra Joan. Je m'occupe de tes tables…

— Inutile, répliqua Daisy avec aplomb, comme pour mieux s'en convaincre. Je me sens en pleine forme, je t'assure !

Les sourcils froncés, Joan disposa sur son plateau deux plats du jour.

— Soit. Mais je te surveille !

« Comme l'ensemble du personnel de Chez Antonio », compléta mentalement Daisy. S'emparant d'un broc de café fumant, la jeune femme poussa la porte battante d'une main ferme et s'avança dans la salle à manger.

Il régnait là, comme toujours, une atmosphère élégante et décontractée. Daisy était très sensible au charme un peu désuet de ces tables habillées de pimpantes nappes blanches, sur lesquelles vacillait, facétieuse, la flamme d'une chandelle dans un globe de cristal disposé au centre. Fidèles à la tradition, les haut-parleurs accrochés en hauteur dans les angles diffusaient une ritournelle napolitaine entraînante, mais sans troubler outre mesure le murmure des voix ponctué de rires ici ou là. Parmi le tintement clair des verres de vin et le cliquetis des couverts au-dessus des assiettes, évoluait la troupe des acrobates virtuoses, en chemise claire et pantalon noir, selon une chorégraphie savante mille fois répétée.

Sourire aux lèvres, Daisy s'approcha d'une table et proposa du café à la cantonade pour patienter en attendant de passer commande. Avisant un petit coincé dans sa chaise haute qui riait de voir des spaghettis pendre de ses cheveux, elle se pencha à sa hauteur et lui adressa un clin d'œil complice.

La plupart de ses collègues redoutaient les dégâts causés par les enfants ; il fallait systématiquement nettoyer après leur départ pour faire place nette aux suivants. Ce genre de corvée était considérée comme une perte de temps, donc un sérieux manque à gagner au niveau des pourboires. Mais à la stupeur générale, Daisy, elle, qui raffolait des enfants depuis toujours, s'enorgueillissait d'accueillir avec une joie égale même les plus terribles et les plus capricieux…

Un mouvement dans le fond de la salle attira son attention.

Elle se retourna et vit un petit groupe se frayer un chemin parmi les tables à la suite de l'hôtesse d'accueil. Les quatre jeunes gens, d'une trentaine d'années, s'installèrent dans le grand box garni de cuir sombre situé un peu en retrait à la limite de la zone de Daisy. Au passage, l'hôtesse lui adressa un sourire d'excuse — quatre hommes dans la fleur de l'âge, cela promettait une commande copieuse en nourriture comme en boissons, et des jambes en coton à la fin du service… En échange, peut-être se montreraient-ils généreux au moment de régler l'addition ? Voilà qui viendrait à point pour étoffer la modeste somme que Daisy avait mise de côté sur son compte épargne.

C'est là qu'une seconde vague de douleur, en plein milieu du dos, la submergea soudain. Daisy se raidit et serra les dents. « Pas maintenant ! » pria-t-elle tout bas. Le moment était vraiment mal choisi…

Comme si son enfant à naître avait entendu sa prière, les muscles se détendirent peu à peu et la douleur s'estompa. Il n'en subsista bientôt plus qu'une tension sourde, mais largement supportable.

L'alarme était passée.

Un soupir de soulagement lui échappa. Tout ce qu'elle avait à faire, maintenant, c'était de s'accrocher encore une heure ou deux à peine. Ensuite, elle pourrait enfin regagner le havre de son appartement.

« Plus qu'une heure ou deux, se répétait Alex Barone, et je serai tranquille à la maison ! »

Il fut le dernier de la troupe à s'installer et se retrouva comme par hasard perché à l'extrême bord de la banquette, dans une position qui faciliterait, par exemple, une fuite précipitée vers la sortie… Comme cette pensée lui traversait l'esprit, Alex se renversa contre le dossier, les mâchoires crispées. Il n'était pas question pour lui de se sentir coupable de dîner dans le restaurant des Conti.

Les conséquences éventuelles ? Il s'en moquait éperdument.

Bien entendu, s'il avait compris à temps que ses amis avaient choisi Chez Antonio, il aurait sans doute décliné l'offre. A quoi bon venir provoquer sur ses terres l'ennemi héréditaire des Barone ? Mais il était trop tard pour faire machine arrière.

Curieux, Alex jeta un regard circulaire à la salle et sentit, à son grand étonnement, sa bonne humeur revenir. Dans sa famille, il avait été nourri depuis l'enfance d'histoires sordides qui faisaient apparaître les Conti comme des suppôts du diable. Si ce restaurant était leur antre, songea Alex amusé, ils en avaient fait un lieu de séjour plutôt agréable. Eclairage tamisé, musique douce… Sans compter les effluves appétissants en provenance des cuisines, qui mettaient l'eau à la bouche…

Presque toutes les tables étaient occupées. Le personnel s'activait avec la discipline d'un régiment de fantassins à la veille d'une campagne difficile. Cette comparaison instinctive amena un sourire sur ses lèvres. Cela faisait décidément trop longtemps qu'il travaillait en qualité de pilote dans la marine nationale, le vocabulaire militaire finissait par déteindre sur lui.

Ses amis bavardant à bâtons rompus, Alex en profita pour surveiller discrètement les allées et venues, à l'affût de l'apparition d'un Conti. Il calcula mentalement les risques qu'il courait d'être reconnu. Combien des membres du clan le connaissaient, lui, Alex, en personne ? Très peu, sans doute.

Le mieux pour lui était donc de se détendre, de savourer son dîner, puis de quitter les lieux vite fait en évitant surtout de se faire remarquer.

Mais dans la seconde qui suivit, toute velléité de filer en douce le quitta définitivement.

— Bonsoir ! chantonna une voix de sirène. Je m'appelle Daisy, c'est moi qui m'occuperai de vous ce soir.

Une très jolie femme avait surgi de nulle part.

Debout à côté d'Alex, la sirène gratifia la tablée d'un large sourire si radieux qu'il eût illuminé sans peine les moindres recoins d'ombre du restaurant.

Un réflexe purement masculin incita Alex à se redresser sur la banquette pour mieux observer. Ses longues boucles noisette étaient sagement domestiquées sur la nuque par une barrette argentée. Quant à ses yeux… Leur couleur était indéfinissable, ni bleu ni vert, mais une subtile et affriolante combinaison des deux. La peau crémeuse qu'Alex avait juste devant les yeux évoquait la douceur du satin. Son intérêt s'accrut…

… Jusqu'à ce qu'un ventre rebondi vienne buter contre lui alors que la jeune femme tanguait imperceptiblement sur des pieds qu'il devina fatigués.

Enceinte.

En d'autres termes, la sirène était déjà prise…

Diable ! La déception le submergea. Son regard fusa automatiquement vers la main gauche de la jeune femme.

Tiens, elle ne portait pas d'alliance. Il ne restait pas même sur ce doigt une trace plus pâle trahissant la place, naguère, d'une bague.

Alex demeura perplexe. Elle n'était pas mariée… ? Quel inconscient avait donc refusé de s'attacher un aussi beau brin de fille ? Surtout enceinte de son enfant !

Un long sifflement admiratif le tira de sa rêverie.

— Bonsoir, miss Daisy ! lança Mike Hannigan.

Alex jeta à son ami un regard réprobateur, mais la sirène ne se troubla pas pour si peu.

— Puis-je vous proposer un apéritif ? lança-t-elle à la cantonade tout en distribuant les menus.

— Bière pour tous, trancha Nick Santee.

Elle hocha la tête et griffonna quelques notes sur son carnet.

— Ce sont vos coordonnées, peut-être ? hasarda Tim Hawkins sur un ton plein d'espoir.

Pour toute réplique, Daisy posa la paume en évidence sur son ventre. Son sourire de cent mille volts réduisit Tim au silence et percuta Alex avec la violence d'un coup au plexus. « Quelle force de caractère, se dit-il ébahi, même dans son état ! »

Puis elle s'éloigna pour aller chercher les bières. Laissant les autres charrier Tim sur ses revers féminins — « Mauvaise pioche, mon vieux ! » —, Alex se retourna pour la suivre des yeux à travers le restaurant. Elle avait une allure fluide et joyeuse qu'il trouva très attirante, et son sourire ne vacilla qu'une fois, lorsqu'elle esquissa une grimace en portant la main à son ventre comme pour réconforter le bébé qui s'y trouvait.

Et qui, se demanda brusquement Alex, lui apportait à *elle* du réconfort ?

Au fil des minutes, sa curiosité vis-à-vis de la jolie serveuse s'aiguisait. Lorsqu'elle revint chargée de quatre bouteilles de bière et d'autant de verres, il s'extirpa non sans difficulté de la banquette pour lui prendre le plateau des mains.

— Oh ! Mais tout va bien, je vous assure.

— Je n'ai jamais dit le contraire, mademoiselle.

Elle releva la tête pour le dévisager. Alex décida à ce moment précis que les yeux de la sirène tiraient davantage sur le bleu.

— Daisy, corrigea-t-elle. Appelez-moi Daisy.

Il opina en silence, planté là devant elle, le plateau entre les mains. Aimanté par ces prunelles rieuses qui l'attiraient insensiblement dans leurs profondeurs insondables.

— Moi, je… Ce sera Alex.

Elle s'humecta les lèvres, aspira un peu d'air avec un tremblement imperceptible.

— Eh bien, merci de votre aide… Alex.

— Pas de quoi.

Il se chargea de distribuer les bières avant de lui restituer le plateau vide. Puis il la regarda s'éloigner, oubliant même de se rasseoir.

— Hé, Barone ! lança Nick.

À l'appel de son nom, Alex cilla. Pourvu que personne d'autre dans la salle ne l'ait entendu…

— Quoi ? s'exclama-t-il avec irritation.

Des rires s'élevèrent dans le groupe.

— Tu comptes t'asseoir avec nous et vider cette bière, ou courir dans les cuisines pour donner un petit coup de main à la jolie demoiselle ?

Pris en flagrant délit, Alex arbora un sourire crispé et se rassit en rajustant le col de son uniforme.

Une lampée de bière glacée apaisa quelque peu le feu qui le consumait de l'intérieur. Cependant, il ne put s'empêcher d'observer Daisy à la dérobée.

En dépit de sa probable lassitude, cette femme semblait dotée d'une énergie inépuisable. Elle devait être plus robuste que ne le laissait présager sa constitution plutôt frêle. Alex s'étonna de l'aisance avec laquelle Daisy manipulait ses plateaux, allant et venant d'une table à l'autre sur un rythme soutenu digne d'une marathonienne…

— Dis donc, Alex, grogna Nick en se penchant, un peu de tenue ! Boston regorge de jolies filles. Entre nous, es-tu vraiment obligé de flasher sur une serveuse manifestement déjà prise ?

— Qui te dit que je flashe sur elle ? répliqua distraitement Alex.

Ses pensées étaient ailleurs. D'ailleurs, Nick se trompait, Daisy n'était pas prise. Ou alors, par un homme qui n'avait pas jugé bon de l'épouser.

— J'étais seulement en train de…

— Faire du lèche-vitrines ? suggéra Tim.

— La ferme, lui intima aussitôt Mike.

Alex se tut et considéra tour à tour les trois hommes réunis autour de la table. Des compagnons qu'il connaissait depuis des lustres, pilotes et ingénieurs comme lui dans la marine nationale. C'était avec ces gars qu'il avait suivi une formation et bouclé ses études, avant de voler en leur compagnie. Le lien qui s'était tissé entre eux était assurément plus solide que n'importe quelle attache familiale… Pourtant, ce soir, Alex les aurait volontiers expédiés sur-le-champ en mission prioritaire au fin fond de l'Antarctique.

Aussi insensé que cela puisse paraître, il aurait voulu la jolie serveuse pour lui tout seul.

Vint le moment où Daisy leur apporta l'addition. Alex s'empara aussitôt de la petite assiette, effleurant les doigts de la jeune femme dans le mouvement.

Elle les retira vivement, comme sous l'effet d'une décharge électrique. Lui aussi avait senti passer le courant entre eux durant cette fraction de seconde.

C'était pour le moins surprenant. Daisy était enceinte, très enceinte même. Cela aurait dû suffire à la classer d'emblée parmi les conquêtes interdites…

Et pourtant.

— Allez-vous vous envoler tous les quatre ensemble en mission ? s'enquit poliment Daisy.

En réalité, son cœur battait la chamade. Elle s'aperçut qu'elle avait toutes les peines du monde à empêcher son regard de dévier vers le dénommé Alex, assis au bord de la banquette à quelques centimètres d'elle.

Il était plus facile de composer avec ses amis. Vis-à-vis de ce type de clients, sympathiques et charmeurs, enclins à flirter comme la plupart des officiers qui fréquentaient ce restaurant, son comportement ne variait pas : elle affichait une courtoisie avenante et cordiale, rien de plus. Du jour où Jeff l'avait qualifiée de « piège à mecs » avant de claquer la porte en l'abandonnant avec l'enfant qu'elle portait dans le ventre, Daisy ne laissait plus transparaître le moindre intérêt pour le sexe opposé.

Jusqu'à ce soir.

Avec ses cheveux de jais, ses yeux tout aussi sombres et ses pommettes comme taillées à la serpe, Alex ne ressemblait à aucun autre. Daisy l'avait compris à la seconde où ces yeux-là s'étaient posés sur elle, et l'heure et demie qui s'était écoulée depuis avait confirmé sa première impression. Le regard sombre, aigu, ne l'avait pas lâchée de la soirée. Elle n'osait même pas songer à l'émoi auquel elle était en proie. Pour le moment, il était sans doute à mettre au compte d'un désordre hormonal, bien compréhensible pour une femme enceinte.

— Non, répondit Alex. Nous sommes en permission pour quelques semaines.

Elle rassembla son sang-froid pour se tourner vers Alex et l'affronter de face.

— Vous êtes de Boston ? s'enquit-elle.

Son intention était de se montrer aimable, ainsi qu'elle l'aurait fait avec n'importe quel autre client… Mais ce n'était qu'un leurre. Inutile de se voiler la face : cet homme avait décidément quelque chose de spécial.

— J'ai grandi dans cette ville, disait-il.

L'un de ses camarades prit la parole à son tour, mais sa voix se réduisit à un bourdonnement assourdi dans le lointain. L'attention de Daisy était tout entière focalisée sur le regard couleur d'obsidienne vrillé sur elle.

— Vous avez donc de la famille ici ? reprit-elle d'un ton léger.

Un sourire désabusé étira lentement les commissures de ses lèvres. L'estomac de Daisy en fut tout retourné.

— Oui, et une sacrée grande famille. Pour ne rien vous cacher, je suis le cinquième d'une fratrie de huit.

La main de la jeune femme vola jusqu'à son ventre.

— Huit ! Ce doit être merveilleux !

16

— Aujourd'hui, oui, mais quand j'étais petit… Il y avait sans arrêt des querelles sur le partage des cookies et les programmes de télévision.

Daisy se figura un instant une maisonnée remplie de rires d'enfants joyeux. Puis, non sans mélancolie, elle repoussa cette image idéale d'un foyer comme elle n'en avait jamais connu. Son bébé aussi grandirait seul…

« Faux ! », rectifia-t-elle aussitôt en son for intérieur. Lui, aurait toujours sa mère à ses côtés.

Entre-temps, les officiers avaient pris congé et mis le cap vers la sortie. Alex les regarda partir en hochant la tête et préleva dans son portefeuille une poignée de billets qu'il déposa dans la soucoupe.

— Vous garderez la monnaie.

Il allait partir, et c'était sans doute aussi bien ainsi, songea Daisy. Mais pourquoi répugnait-elle singulièrement à le laisser s'éloigner ?

Et soudain…

— Qu'est-ce que vous fabriquez dans *mon* restaurant ?

Les mots sonores avaient claqué sèchement. Dans la salle, le silence se fit. Daisy fit volte-face…

Sous ses yeux effarés, Salvatore Conti, son patron, venait de sortir des cuisines comme une tornade. Il agitait devant lui une serviette, tel un matador pris de folie fonçant droit sur le taureau.

2.

— Nom de Dieu, marmonna Alex.

Très digne dans son uniforme, il se prépara à la confrontation désormais inévitable. Lui qui avait espéré ressortir du restaurant sans incident… Sal Conti avait manifestement d'autres projets.

Cet homme encore mince à soixante ans passés, et à peine plus petit que lui, se campa, rouge de fureur, indifférent au désarroi de sa clientèle comme à la fascination manifeste de ses employés.

— Qu'est-ce que tu fiches ici, Barone ? gronda-t-il, les yeux pleins d'éclairs. Tu joues les espions pour ta maudite famille ? C'est votre dernière trouvaille ?

Si Sal voulait une scène, il en serait pour ses frais. Alex n'avait aucune envie de relever le défi. Cependant, il ne pouvait laisser insulter sa famille.

— Les espions ? répéta-t-il sans s'émouvoir outre mesure. La paranoïa des Conti s'aggrave, on dirait.

Sal serra les poings.

— Tu oses ? Après ce que ta famille a fait à la mienne ? Je rêve !

— Allons… Et si nous parlions un peu de *votre* famille ? Le sabotage, l'incendie, par exemple…

— Ridicule, gronda Sal. Ce sont des calomnies !

Et il prit à témoin les malheureux clients installés aux tables les plus proches.

— Vous l'avez tous entendu, n'est-ce pas ? C'est de la diffamation ! Les Conti ont été innocentés par l'enquête de police et n'ont strictement rien à se reprocher. D'ailleurs, pourquoi perdraient-ils leur temps à vous accabler, les Barone ? Inutile, puisque le mauvais œil est déjà sur vous.

Le mauvais œil…

Ces malédictions à l'italienne s'échangeaient depuis des années entre leurs deux familles. Alex, pour sa part, en avait par-dessus la tête.

— Le mauvais sort n'existe pas, affirma-t-il d'un ton sans appel.

— Sal…

Daisy s'était avancée vers son patron et le tirait par la manche. L'idée traversa Alex qu'elle devait avoir l'habitude de gérer ses sautes d'humeur.

Mais Sal se dégagea d'une secousse et Daisy poussa un soupir.

— Restez en dehors de ça, Daisy, marmonna Alex en lui prenant le bras pour la contraindre à s'écarter du champ de bataille.

Sal remarqua son geste ; la fureur lui déforma les traits.

— Vous, laissez-la tranquille ! Daisy est une gentille fille, elle n'a pas besoin qu'un type comme vous vienne lui compliquer la vie !

— Vous êtes cinglé, vous savez ça ? rétorqua Alex.

« Moi aussi, j'ai perdu l'esprit », ajouta-t-il en pensée. Comme un gamin, il était en train de jouer à celui qui crierait le plus fort, face à un adversaire qui devait avoir l'âge de son père ! Une vague nausée le prit. Il se passa une main sur la figure et, ravalant sa colère, il s'efforça de recouvrer son sang-froid.

Bon sang ! C'était précisément une des raisons qui l'avaient incité à s'engager dans la marine nationale. Là, nul ne se souciait de savoir qui était sa famille ; sa richesse, son nom, le passé des Barone n'impressionnaient personne. Il avait effectué son service militaire dès sa sortie de l'université dans un but précis — fuir Boston et tourner le dos à la querelle immémoriale opposant les Barone aux Conti.

Cette querelle durait depuis des lustres sans que rien ne semble en mesure d'y mettre un terme. Au contraire, elle s'était aggravée ces derniers temps. Depuis l'incendie et l'affaire désastreuse du nouveau parfum de *gelato*, les Barone demeuraient en permanence en alerte rouge et s'attendaient à trouver les Conti à tous les coins de rue.

Cette animosité aveugle, ces malédictions que les clans se renvoyaient mutuellement avec une égale ferveur finissaient par devenir lassantes. Mais, étant un Barone, Alex devait à sa famille un minimum de loyauté, quand bien même les membres des deux bords se conduisaient à ses yeux comme des imbéciles.

Dans l'immédiat, il lui fallait trouver un moyen de se tirer de ce guêpier, et vite. Un bref regard autour de lui confirma ses pires craintes. Il était au centre de la curiosité générale et ses amis avaient disparu avant même l'irruption de Sal dans la salle à manger…

Il se tourna alors vers la jolie serveuse. Devant le désarroi qui se lisait sur son visage, il regretta de ne pouvoir lui expliquer sur-le-champ toute l'histoire. Mais comment le croirait-elle ? Au vingt et unième siècle, qui s'attendrait à voir deux familles intelligentes et respectables engagées dans une sordide *vendetta* ?

— Sortez de chez moi, siffla Sal.

— Justement, j'étais sur le point de m'en aller…

— Et inutile de payer votre dîner. Nous n'avons que faire de l'argent des Barone !

— Et moi, répliqua Alex écœuré, je n'accepte pas de cadeau de la part des Conti !

— Oh ! Pour l'amour du ciel ! s'exclama Daisy.

Une nouvelle fois, elle tenta de s'interposer entre les deux hommes, mais Sal la repoussa fermement sur le côté.

Quiconque travaillait pour les Conti ne pouvait ignorer le tempérament volcanique de Salvatore Conti, prêt à s'échauffer à la moindre étincelle. Daisy avait néanmoins conscience que l'homme ne possédait pas une once de violence en lui, et que ces éruptions intempestives s'éteignaient aussi vite qu'elles avaient éclaté. N'empêche. Dans le cas présent, elle était certaine d'une chose : les deux adversaires étaient aussi fous l'un que l'autre. S'envoyer des insanités au visage au beau milieu d'un restaurant chic ne pouvait se justifier que par un accès de démence.

— Va t'asseoir, Daisy, lui intima distraitement Sal. Repose-toi donc un peu.

Mais soudain, un gémissement franchit ses lèvres. Elle chancela et chuchota :

— J'ai bien peur qu'il ne soit trop tard pour cela.

Une seconde, deux peut-être s'écoulèrent avant que les deux hommes ne se retournent vers elle d'un seul élan.

En d'autres circonstances, Daisy aurait jugé cocasse l'expression de terreur pure qui se peignit simultanément sur leurs visages. Mais en cet instant précis, elle avait d'autres soucis plus urgents.

En bas du dos, la contraction tordait ses lombaires en huit ; et la douleur mordante, pulsative, semblait s'élargir et enfler de seconde en seconde. Cela n'avait plus rien de commun avec les élancements superficiels qui tracassaient la jeune femme jusque-là. La douleur correspondait cette fois au stade qu'on lui avait décrit dans les cours de préparation à l'accouchement…

Le travail avait commencé.

— Il faut que je rentre chez moi. Prévenez la sage-femme, réclama Daisy d'une voix faible.

— Tout va bien, ma grande, bredouilla son patron en lui saisissant le bras gauche tandis qu'Alex prenait le droit. On s'occupe de tout.

Puis il cria :

— Tony !

— Oui ? lança une voix depuis les cuisines.

— Appelle une ambulance ! Appelle un hôpital ! Appelle quelqu'un, bon Dieu !

La panique de Sal faillit réussir à dérider Daisy. Mais une nouvelle contraction, plus forte que la précédente, prit le relais, et son petit rire se transforma en une plainte sourde.

— Je l'emmène à l'hôpital, décréta soudain Alex.

Daisy lui coula un regard surpris. L'officier se doublait donc d'un chevalier au grand cœur ?

— Pas question ! contra Sal en resserrant sa prise sur le bras de sa protégée. Nous n'avons pas besoin de l'aide d'un Barone !

— Ce n'est pas vous que j'aide, fit observer Alex, c'est mademoiselle.

— Patron ! cria Tony. L'ambulance arrive dans quinze minutes !

— Annulez l'ambulance, ça prendrait trop de temps de l'attendre ! lui ordonna Alex d'une voix forte avant de se tourner vers Daisy. Je vais vous conduire à l'hôpital. Laissez-moi vous aider. Faites-moi confiance !

Relevant la tête, elle plongea dans les yeux noirs.

Elle y discerna une détermination sans faille, ainsi que la volonté de se rendre utile. Or là, tout de suite, cette aide inespérée ne serait pas de trop. Quinze minutes d'attente ? Mon dieu… Dans ces circonstances, ce quart d'heure prenait des allures d'éternité. Une éternité de souffrances…

— Marché conclu, trancha-t-elle, une main crispée sur son ventre. Allons-y, je vous suis.

— Enfin, Daisy, je ne pense pas que…

— Ne vous inquiétez pas, Sal.

Daisy considéra son patron qui avait toujours été aux petits soins pour elle, et se força à esquisser un sourire rassurant.

— Je ne peux pas attendre l'ambulance et… Oooh !

Courbée en avant, elle dut se mordre la lèvre pour contenir le cri qui montait.

— C'est décidé, marmonnant Alex en la soulevant d'autorité dans ses bras. Nous partons.

— Bonne chance ! cria Joan du fond de la salle.

Ils gagnèrent la sortie sous les encouragements des serveurs, des clients et du personnel des cuisines au grand complet. L'hôtesse se précipita pour leur tenir la porte grande ouverte et tapota le bras de Daisy au passage.

Puis le silence nocturne les enveloppa.

En débouchant dans la rue, Alex marqua une pause et chercha du regard l'endroit où ses camarades étaient censés l'attendre dans la berline de location.

Seulement voilà, la voiture n'était nulle part en vue.

— Nom d'un chien !

— Qu'y a-t-il ? s'enquit Daisy.

— J'ai bien peur que mes amis ne se soient volatilisés.

— Ils vous auraient laissé tomber ?

Avec une grimace d'excuse, Alex hissa la jeune femme un peu plus haut. « Stupéfiant », songea-t-il. Même enceinte jusqu'aux yeux, Daisy était d'une constitution si délicate et déliée qu'elle pesait trois fois rien…

Mais, si léger que fût son bagage, la course jusqu'à l'hôpital le plus proche serait longue. Trop longue.

— Cela nous arrive quelquefois, expliqua-t-il, la rage au ventre. Celui qui reste doit alors se débrouiller pour regagner la base par ses propres moyens.

— Mais pourquoi ?

Il fixa le bleu si singulier de ses yeux et haussa les épaules avec indifférence.

— C'est une plaisanterie traditionnelle… Moi aussi, je la trouvais drôle, jusqu'à ce soir.

Daisy aspira brusquement de l'air, son corps se tendit sous les bras d'Alex. L'adrénaline gicla dans ses veines. Il devait trouver de l'aide. Vite !

— Un taxi. Il nous faut un taxi…

Naturellement, du moment qu'on en avait un besoin urgent, pas un seul taxi ne pointait à l'horizon. En temps normal, on ne voyait qu'eux dans les embouteillages de Boston. Mais en cette chaude soirée d'été, l'air était calme et le quartier, désert.

Comme l'atroce perspective de retourner au pas de course Chez Antonio réclamer de l'aide à Sal lui traversait l'esprit, Alex prit subitement conscience de l'endroit où ils se trouvaient. S'il avait eu une main libre, il se serait frappé le front.

— Quelle chance ! s'exclama-t-il en se remettant aussitôt en marche d'un pas alerte.

— Où allez-vous ? gémit Daisy.

Derrière eux, les lumières scintillantes du restaurant avaient maintenant disparu. L'hôpital était au nord. Ils empruntaient la mauvaise direction…

— Chez ma sœur, répondit Alex.

— Votre *sœur* ?

— Elle habite à deux rues d'ici. C'est une infirmière diplômée. Elle saura quoi faire.

— Vous plaisantez ?

Les doigts fichés dans l'omoplate de son compagnon, Daisy parlait à travers un voile de douleur si épais qu'il l'aveuglait.

— Moi aussi, je sais quoi faire, bredouilla-t-elle. Foncer à l'hôpital pour accoucher !

— Oui, bien sûr, mais il n'y a pas de taxis dans cette avenue et…

— L'ambulance, alors, articula Daisy.

Mais Alex ne semblait pas disposé à ralentir l'allure.

— Ecoutez-moi, Daisy. Nous avons deux solutions. Retourner au restaurant et patienter jusqu'à l'arrivée d'une ambulance, ou bien avancer jusqu'à ce croisement là-bas, et attendre là aussi une ambulance, mais avec une infirmière à nos côtés plutôt que Salvatore Conti. Si vous voulez mon point de vue…

— D'accord, d'accord, c'est logique.

Il accéléra encore, non sans la réconforter d'abord en la serrant davantage dans ses bras.

— Ayez confiance, tout se passera bien. Je prendrai soin de vous.

— Pourquoi faites-vous ça, Alex ? Vous ne me connaissez même pas !

Il la dévisagea.

— Est-ce que c'est important, d'après vous, dans ces circonstances ?

Hypnotisée par l'éclat déterminé de ses yeux sombres, Daisy s'entendit répondre :

— Non. Non, ce n'est pas important.

Lorsque la contraction suivante déferla, elle rendit les armes. L'eût-elle souhaité, elle aurait été incapable de sauter à terre et de courir dans les rues en quête d'un improbable taxi. Mais cette pensée ne l'effleura qu'une seconde. Pour une raison mystérieuse, la présence de cet inconnu la réconfortait. Elle savourait d'être bercée comme une petite chose précieuse et chérie. Cela faisait si longtemps que…

A vrai dire, c'était la première fois.

Ce triste constat lui pinça le cœur. Elle n'avait jamais reçu d'amour ni de tendresse, pas même de la part de cet homme en qui elle avait cru trouver un compagnon pour la vie, et qui avait pris la fuite en apprenant qu'elle portait son enfant… Avant de se tuer en voiture quelques minutes plus tard.

Mais cela ne lui apporterait rien de bon de revenir ainsi en arrière par la pensée. Alors, Daisy chassa Jeff de son esprit. La page était définitivement tournée. Un monde nouveau était sur le point de s'ouvrir à elle — à condition, bien entendu, qu'elle survive à l'accouchement douloureux qui s'annonçait.

Alex dévalait les trottoirs pentus au pas de charge dans le halo beige très doux des réverbères. La brise du soir, présent d'un dieu miséricordieux, tempérait la moiteur ambiante en distillant jusqu'au cœur de la ville la fraîcheur de l'océan. Dans les rues, les gens vaquaient à leurs occupations, indifférents au spectacle qu'offrait ce grand type en uniforme courant à perdre haleine avec une femme enceinte dans les bras. Un groupe d'enfants en rollers les doublèrent à vive allure, manquant les bousculer, mais c'est à peine si Daisy leur prêta attention.

Elle était trop concentrée sur les bouleversements qui affectaient son corps ce soir pour se soucier du reste du monde.

— Tenez bon, souffla Alex, pantelant. Nous approchons.

— Je l'espère bien !

Un spasme violent la cueillit par surprise. Elle se cramponna à l'épaule de son compagnon.

— Je ne suis pas spécialiste, mais… Je pense que le moment est venu.

— Oui, c'est que j'avais cru comprendre.

— Non, Alex, je veux dire : *maintenant* !

Daisy avait en effet la curieuse impression que toute la chair composant l'intérieur de son corps cherchait à s'en faire expulser. Dans les livres, ce moment était baptisé en toute simplicité « l'heure H ».

— Doux Jésus ! Ne me dites pas ça, bafouilla Alex.

— Je n'avais pas prévu que les événements s'enchaîneraient de cette façon, vous savez.

— Nous sommes bientôt arrivés chez ma sœur. C'est tout près, maintenant. Tenez bon, hein ?

— Les contractions arrivent si vite… Et si fort…

Daisy se tut brusquement et serra les dents.

Le visage d'Alex lui parut blême, mais elle préféra ne pas penser qu'il avait aussi peur qu'elle, et mit cette pâleur subite au compte de l'éclairage blafard de la rue.

— Ne poussez pas.

— Pardon ?

— Inspirez, soufflez lentement… Enfin quoi, vous savez bien !

Il en fit sur-le-champ la démonstration. En dépit de la douleur qui la lançait désormais sans relâche au bas du ventre, Daisy fut à deux doigts d'éclater de rire.

— Et où avez-vous appris cela, monsieur le pilote ?

— A la télévision, répliqua Alex en souriant. Dans des films, des documentaires…

Il gardait le regard braqué droit devant lui, avec l'air de quelqu'un qui ne se laisserait pas distraire aussi facilement de son objectif.

— Je connais le principe. Ne pas pousser trop vite, faire le petit chien…

— Eh bien ! Me voilà rassurée, s'exclama Daisy avec un rire qui se mua instantanément en un gémissement de détresse. Si j'avais su tout de suite que j'avais affaire à un expert…

— Je ne suis pas du genre à me vanter.

— Une modestie peu commune chez les hommes !

— Très drôle, commenta Alex en lui jetant un regard furtif avant de bifurquer dans une ruelle sur la gauche.

Il inspecta les deux côtés de la chaussée avant de piquer un sprint vers un immeuble de briques rouges.

— Nous sommes arrivés. Vous voyez ? C'est là.

Agrippée aux larges épaules d'Alex comme si sa vie en dépendait, Daisy écoutait le pouls qui battait la chamade sous sa joue.

Quelle aventure ! Deux heures plus tôt, ils ne se connaissaient pas, et maintenant, en cette nuit qui figurerait à n'en pas douter parmi les plus capitales de sa vie, Alex Barone était son dernier rempart contre la perspective d'un accouchement en solitaire sur le trottoir.

Elle aurait dû en concevoir de l'inquiétude — après tout, c'était un parfait inconnu. Cependant, son étreinte ne lui inspirait qu'un sentiment de quiétude, comme si sa place, depuis toujours, était là, entre ses bras…

Sa *place* ?

Daisy se ressaisit aussitôt. Quelle idée ! Cet accès d'hystérie chez elle n'était sûrement pas un signe rassurant. C'était à croire que la naissance imminente mettait ses facultés mentales sous pression…

Ils s'arrêtèrent devant un bâtiment de quatre étages plutôt cossu. Daisy sourit malgré sa souffrance. Elle raffolait de ces architectures anciennes, riches d'un indéniable cachet historique dont témoignait chacune des briques sombres. Un de ses rêves était d'acquérir un jour ou l'autre un appartement de ce style à rénover, afin de lui restituer un peu du lustre de sa gloire passée ainsi que d'autres, à l'évidence, l'avaient fait ici.

La lumière du porche dévoila une porte rouge sombre. De part et d'autre du battant, un groupe de jardinières débordant de pétunias ornait les fenêtres en saillie et faisait le lien avec le jardin miniature mais vibrant de couleurs qui les séparait de la rue. Les senteurs mêlées des fleurs d'été embaumaient la nuit pour le plus grand plaisir de Daisy, qui s'offrit le luxe de les savourer sur une de ses respirations profondes.

Une volée de marches les amena sur le perron. Alex pressa la sonnette avec insistance.

— Si vous ne lâchez pas ce bouton, observa Daisy d'une voix tendue, on ne pourra pas vous répondre.

— Vous avez raison.

Docile, Alex retira son doigt et attendit, tapotant l'asphalte du pied sur un rythme saccadé qui résonna jusque dans le corps de Daisy.

— Hé ! fit une voix dans l'Interphone. Allez-y doucement sur la sonnette !

— Rita ? C'est moi !

La voix d'Alex ne tremblait pas. Daisy ne put s'empêcher d'admirer le sang-froid dont il faisait preuve depuis le début.

— Ouvre cette fichue porte, tu veux ?

— Alex ? Mais que se passe-t-il ? fit la voix soudain anxieuse. Tu vas bien ?

— Est-ce que j'en ai l'air ? Ouvre cette porte, bon sang !

Le grésillement tant attendu n'avait pas plus tôt résonné qu'Alex poussait la porte de la pointe de sa chaussure et s'engouffrait à l'intérieur de l'immeuble.

Daisy suivit son regard vers la rampe d'escalier de bois lustré ondulant en direction des paliers supérieurs. Au troisième, apparut un visage féminin qui se pencha au-dessus du vide.

— Alex ? Qu'est-ce que tu… ?

Elle s'interrompit net et étouffa une exclamation.

— Rita ! appela-t-il. *A l'aide* !

Cette fois, la dénommée Rita parut saisir l'urgence de la situation. Sans perdre une minute, elle distribua ses consignes.

— Alex, tu prends l'ascenseur et tu vas chez Gina. L'appartement est vide. De mon côté, je préviens Maria et je vous rejoins là-bas.

— Bien.

— Qui était-ce ? demanda Daisy tandis qu'Alex traversait le hall au pas de course.

— Ma sœur, l'infirmière. Nous allons faire venir une ambulance ; Rita vous aidera le temps qu'elle arrive.

Daisy ne disposa que de quelques secondes pour se faire une idée du décor. C'était le palais des mille et une nuits. Des sofas moelleux s'alignaient contre les murs tendus de moquette crème, de part et d'autre d'une grande table de chêne au plateau vitré posée sur un épais tapis afghan. Des coussins pastels, disséminés un peu partout, offraient une atmosphère chaleureuse et paisible dans un parfum de fleurs fraîchement coupées…

L'ascenseur les attendait. Alex manœuvra d'une main le portillon en fer forgé qui s'ouvrit avec un léger grincement, et pénétra dans la cabine.

— Quel âge a cet engin ? s'enquit la jeune femme, un peu soucieuse.

Il pressa la commande du quatrième étage. L'ascenseur se mit en branle sur une embardée que Daisy jugea de bien mauvais augure.

— Ne vous inquiétez pas. C'est l'esthétique de ce monument historique qui a séduit mon père. Mais il s'est assuré que le moteur était flambant neuf et conforme aux toutes dernières normes de sécurité. Jamais il n'aurait confié ses filles à une mécanique défaillante.

— Heureuse de l'entendre.

Antiquité ou pas, à la vérité, Daisy s'estima déjà heureuse de pouvoir se faire transporter par un ascenseur. La douleur était devenue une compagne de tous les instants ; pour rien au monde elle n'aurait été capable de monter quatre étages à pied.

Quand ils émergèrent de la cabine, la première chose que vit Daisy fut le sourire apitoyé de sa sœur.

— Ma pauvre ! Ne vous inquiétez de rien, d'accord ? Vous êtes ici en sécurité.

Daisy se contenta de la remercier d'un signe de tête.

Rita ne croyait pas si bien dire. Aussi singulier que cela puisse paraître, un sentiment de quiétude habitait Daisy depuis l'instant, deux petites heures plus tôt, où elle avait découvert Alex, dans la salle du restaurant.

3.

On n'eut guère le loisir d'échanger les politesses d'usage. Dès leur arrivée, les sœurs d'Alex précédèrent Daisy vers le havre d'une chambre à coucher. C'était aussi bien, car celle-ci n'était pas très sûre de pouvoir aligner deux mots sans lâcher les cris que sa gorge accumulait à mesure.

Elle garda donc les dents soigneusement serrées lorsque Alex la confia aux bons soins de Rita et Maria. En deux temps trois mouvements, les jeunes femmes lui firent enfiler une chemise de nuit et l'installèrent dans un lit qui avait été, paraît-il, celui d'une troisième sœur. Le vaste sommier aux montants de cuivre ploya sans bruit sous son poids lorsqu'elle s'adossa aux oreillers pour observer son environnement.

La pièce était belle et spacieuse, au contraire de son propre appartement dont les dimensions modestes avaient dû être rentabilisées avec un maximum d'efficacité. L'un des murs était occupé par une grande armoire en merisier ; d'épais tapis d'Orient ornaient le plancher de chêne.

— Je suis très gênée, avoua-t-elle, soudain intimidée.

Son regard alla d'une sœur à l'autre, chacune postée d'un côté du lit.

— Soyez tranquille, Daisy, dit l'aînée, qui devait être Rita. C'était notre sœur Gina qui habitait ici, mais après son mariage

32

elle a déménagé. Pour ce soir, considérez que vous êtes ici chez vous !

— Je ne sais pas si…

Mais au même instant, le bébé dans son ventre fit une nouvelle tentative pour s'évader, et Daisy oublia pour le coup son embarras. Rien ne comptait plus que la naissance imminente. Rien.

— Voulez-vous que je prévienne quelqu'un ?

Daisy releva les yeux. Sous ses longs cheveux bruns tirés en queue-de-cheval, le regard chocolat de Rita n'exprimait qu'une sollicitude vigilante. Elle souriait et Daisy distingua alors clairement sa ressemblance avec Alex.

— Sarah Lovall, répondit Daisy. Ma sage-femme. Le numéro est dans mon sac.

— Compris. Et… un mari ? Ou un petit ami ?

— Non. Il n'y a personne.

Rita jeta un bref regard à sa sœur.

— Bien. Je vais essayer de joindre la sage-femme.

Tandis qu'elle quittait la chambre en hâte, la dénommée Maria s'occupa d'arranger les oreillers dans son dos tout en bavardant.

— Essayez de vous détendre, d'accord ? Le plus important, c'est de vous concentrer sur le bébé. Je sais que ce doit être dur, mais je vous jure que nous prendrons soin de vous. Et rappelez-vous, Rita est une infirmière diplômée !

— Merci, murmura Daisy.

La dernière contraction refluait dans une brume ouatée qui laissait présager non la fin de sa souffrance, mais l'amorce d'une autre, plus aiguë. Maria, plus jeune et plus petite que sa sœur, s'activa quelques minutes encore. Et de border les couvertures, et de lisser les draps, et de lui tapoter distraitement la main comme pour apaiser sa propre nervosité…

— Je vais préparer un peu de thé, annonça-t-elle enfin tout à trac.

Après son départ, Daisy ferma les yeux.

Rien ne se déroulait comme prévu. Elle avait pourtant passé un temps fou à planifier la naissance de son enfant. Une fois par mois, elle s'était rendue dans une clinique pour un examen de contrôle ; elle avait fait appel à une sage-femme qui devait venir la seconder à domicile pour l'accouchement, à la stupeur horrifiée de ses amies. Mais elle préférait éviter la surmédicalisation de l'hôpital. Une sage-femme expérimentée ferait tout autant l'affaire qu'un obstétricien, du moment qu'aucune complication majeure ne s'annonçait. Sarah était une vraie professionnelle, chaleureuse, attentionnée, et beaucoup moins coûteuse qu'un séjour à l'hôpital qui ne s'imposait pas, surtout pour une mère célibataire bénéficiant d'une assurance santé limitée.

De plus, Daisy tenait à ce que la phase de travail la plus pénible se déroule dans un environnement familier. A défaut d'une présence à ses côtés, son foyer lui offrirait une précieuse sensation de confort et de sécurité…

Au lieu de quoi, elle se retrouvait ce soir couchée sur le lit d'une inconnue, avec d'autres inconnus s'empressant autour d'elle en lui demandant sans arrêt si tout allait bien.

Bien ? Mais ce mot-là n'appartenait déjà plus à son vocabulaire !

Alex apparut alors sur le seuil.

Leurs regards se croisèrent. Daisy se sentit tout de suite mieux en le voyant combler en quelques longues enjambées l'espace qui le séparait d'elle. Penser que ce matin encore ils ne se connaissaient même pas ! C'était tout bonnement incroyable.

Dans un monde devenu brusquement très déroutant, ce visage était désormais le seul élément familier auquel elle ait envie de se raccrocher.

— Comment ça va ? demanda-t-il à son tour en se penchant pour écarter une mèche rebelle de son front.

— J'ai connu des moments plus agréables…

Il sourit et Daisy pensa : « C'est trop facile pour vous ! » Puis la contraction suivante entama sa montée en puissance. Elle se mordit violemment la lèvre…

Avec le plus grand naturel, Alex lui saisit alors la main et la retint prisonnière.

A travers ce contact, il lui transmit un peu de sa force à lui tandis qu'elle-même commençait à faiblir dangereusement. Daisy s'abstint *in extremis* de se suspendre à son bras. La sage-femme lui avait en effet recommandé de garder ses muscles détendus durant le travail, dans toute la mesure du possible.

— Serrez ma main, chuchota-t-elle.

Il s'exécuta, l'air indécis.

— C'est que je ne voudrais pas vous faire mal…

— Plus fort !

Cette fois, Alex resserra sa prise sans protester.

La diversion fut la bienvenue au moment où la contraction atteignait son pic et lui martyrisait l'abdomen. Les yeux clos, Daisy se cambra sous l'assaut, tout en s'efforçant vaille que vaille d'accueillir la douleur au lieu de la combattre. Tout le temps que dura le supplice, elle conserva en tête l'idée qu'au bout de l'effort, l'attendait son bébé…

Son bébé ! Elle ne serait plus jamais seule : elle aurait une personne à aimer, une personne qui lui offrirait aussi en retour un amour inconditionnel.

— Rita ?

Alex s'était tourné vers sa sœur, qui revenait dans la chambre au pas de course.

— La sage-femme est occupée avec une autre parturiente, expliqua-t-elle à Daisy avec un sourire contraint. Je lui ai laissé un message.

Puis elle s'adressa à son frère et changea de ton.

— Alex, va-t'en, s'il te plaît.

— Mais…

— Je veux l'examiner pour vérifier l'avancement du travail. Laisse-nous !

— Non, protesta Daisy d'une voix faible.

Elle-même eut peine à croire ce qu'elle venait de dire. Cependant, c'était tout simple : cette épreuve, elle ne voulait pas la traverser en solo.

La chaleur rassurante que lui communiquait Alex se propageait dans son corps jusque dans ses fibres les plus déprimées et les plus glacées. Renoncer maintenant à cette bénédiction ? Elle ne pouvait même pas se résoudre à l'envisager.

— Restez, Alex ! insista-t-elle. Et ne lâchez pas ma main, surtout.

Alex fixa ces beaux yeux souffrants et comprit soudain qu'il n'irait nulle part.

Daisy paraissait si vulnérable… Pourtant elle affrontait chaque élancement avec plus de courage qu'il n'en avait discerné chez les militaires aguerris. Loin de reculer devant l'obstacle, elle tenait bon, retenant ses plaintes… Il était visible qu'elle se faisait violence pour accepter la douleur croissante.

Il contempla la main fine et son ossature délicate, émerveillé par tant de force intérieure. Esseulée, sans personne au monde pour l'aider à élever ce bébé et envisager l'avenir avec sérénité, Daisy faisait face, alors qu'elle s'apprêtait à vivre le plus important moment de sa vie entourée de parfaits étrangers.

— Je reste, Rita, déclara-t-il doucement.

Sa sœur lui jeta un regard désapprobateur et hocha la tête à contrecœur.

— Soit. La sage-femme ne tardera pas. D'ici là, nous allons nous débrouiller. J'ai déjà participé à plusieurs accouchements, j'ai même mis au monde seule deux bébés quand je travaillais aux urgences, ajouta-t-elle d'un ton rassurant. Les enfants et leurs mamans se portent très bien aujourd'hui.

« C'est bon à savoir », songea Daisy tandis qu'un nouveau spasme la soulevait tel un cheval sauvage lancé dans un rodéo.

Peu à peu, le monde se réduisit à deux éléments. La douleur, d'abord. Et la poigne de fer d'Alex. Rien d'autre ne comptait — son cerveau s'était mis de lui-même en sommeil. La délicatesse des gestes de Rita, ses paroles d'encouragement ne l'atteignaient plus. Neuf longs mois s'étaient tout entiers concentrés dans ces minutes de souffrance précédant la délivrance.

Daisy ne pensait plus qu'à devancer la contraction suivante, s'efforçant contre vents et marée de garder à la mémoire qu'elle la rapprocherait un peu plus de ce moment béni où sa famille prendrait corps. D'un instant à l'autre, elle tiendrait son bébé dans les bras et ce supplice enduré ne serait plus qu'un vague souvenir. Oh ! Que vienne vite ce sentiment de paix…

Dans l'intervalle, ce qu'il lui fallait, c'était une distraction, peu importait laquelle, pourvu qu'elle fasse diversion.

Elle leva les yeux sur Alex.

— Parlez-moi, haleta-t-elle.

Sans lâcher sa main, il s'empara d'une chaise et s'assit près du lit.

— Bien sûr. De quoi dois-je parler ?

— Ça m'est égal, répondit Daisy en inspirant une bouffée d'air dont elle avait grand besoin. Parlez-moi, c'est tout.

Alex jeta un regard au pied du lit. Après avoir aménagé un éclairage adéquat grâce à une lampe de chevet supplémentaire, Rita empilait des serviettes propres. Maria, quant à elle, se trouvait dans la pièce attenante, sans doute en train de faire les cent pas. Tout était calme. Revenant à Daisy, Alex lui dédia un sourire et se mit à parler.

Tout de suite, le flux apaisant de ses mots déferla sur elle, suscitant un carrousel d'images enchantées qui l'entraînèrent hors de cette jolie chambre, à mille lieues des tourments de son corps en plein travail, vers un univers totalement insolite pour elle.

C'est ainsi qu'elle put presque voir Alex aux commandes d'un jet de l'armée américaine. Et même, elle éprouva la force du décollage, rivée à son siège au moment de l'ascension fulgurante vers les nuages… Elle perçut avec une netteté saisissante la sensation de liberté qui l'envahissait en vol, se sentit transportée par l'allégresse perçant dans sa voix quand il décrivit ce que signifiait pour lui appartenir à la patrouille d'élite de l'aviation navale, les Blue Angels.

Oui, pour elle, Alex fit naître des mirages par dizaines. Elle assista aux incroyables cascades qu'il réalisait avec son escadron à des kilomètres au-dessus de la terre. Entendit les « oh ! » et les « ah ! » de la foule des spectateurs éblouis assistant, pétrifiés, à leur revue chorégraphiée au mètre près. Et sentit le regret qui habitait Alex à la pensée que son temps chez les Blue Angels était révolu. Mais les histoires qu'il lui conta, d'une voix où pétillaient des étincelles magiques, suffirent à distraire son esprit des spasmes sans fin auxquels son corps était en proie. Pour cette générosité dont il fit preuve à son égard, Daisy lui vouerait une reconnaissance éternelle.

— Je connaîtrai ma nouvelle affectation dès la fin de ma permission, d'ici à quelques semaines, conclut Alex. Je ne sais pas encore dans quel coin des Etats-Unis je vais me retrouver, mais…

Daisy faillit s'éjecter du lit. Un besoin subit et désespéré de pousser l'avait saisie sans prévenir ; elle agrippa l'avant-bras d'Alex telle une forcenée.

— Quelque chose… a changé. C'est différent, maintenant. Je crois qu'il arrive…

— Rita ? appela Alex.

Sa sœur, toujours postée au pied du lit, souleva le bord de la couverture légère qui couvrait les jambes de Daisy. Lorsqu'elle se redressa, ses yeux brillaient d'un éclat déterminé.

— Bien, ma grande, nous y sommes. Je vois la tête du bébé !

— Oh, mon Dieu…

Enfin ! Son enfant. Si proche, tout à coup.

— Fille ou garçon, ajouta Rita avec un bref sourire, il a beaucoup de cheveux !

Le souffle lui manqua et ses yeux s'embuèrent de larmes. Son bébé ! Une personne en miniature, prête à découvrir le monde…

— Je dois pousser, bégaya Daisy, pantelante. Tout de suite !

— Pas encore ! C'est trop tôt. Respirez, Daisy, martela Rita. Laissez le bébé descendre doucement. C'est à lui de travailler, maintenant. Il faut le laisser faire et vous détendre.

— Me *détendre* ?

— Je sais. C'est facile à dire. Mais vous devez faire de votre mieux. Allez, respiration superficielle… Vous pouvez y arriver !

L'idée folle traversa Daisy de quitter sa propre enveloppe charnelle et de s'enfuir. Sous l'effet de la douleur, elle finit par se contorsionner sur le drap, les talons fichés dans le matelas, roulant à gauche, à droite…

— Patience, Daisy, patience, répétait Rita comme une litanie. Vous faites du beau boulot. Tout est parfait. Tenez bon !

— Pousser, marmonna-t-elle entre deux halètements.

Le besoin d'expulser le bébé s'affirmait de seconde en seconde, un besoin instinctif et impérieux, qui ne souffrait aucune résistance.

— Bientôt, répliqua Rita d'un ton sans appel.

— Non, maintenant !

— Regardez-moi, Daisy.

La voix d'Alex, de nouveau.

Daisy tourna la tête sur la droite. Suspendue à ses prunelles d'obsidienne, elle rassembla ses ultimes forces et se focalisa sur les jeux de la lumière sur leur surface polie, sur la chaleur qui couvait en leurs centres et irradiait vers elle…

— Concentrez-vous sur moi, Daisy. On y est presque ! Vous avez été très courageuse et c'est bientôt terminé. Restez forte, c'est tout.

— Alex…

Elle prononça ce prénom dans une expiration qui avait tout d'une prière. Les secondes s'égrenaient avec une lenteur insoutenable. C'était absurde. On lui demandait de lutter contre son instinct, de garder en elle la vie qui ne demandait pourtant qu'à sortir…

— Je dois… Je dois…

— Le voilà ! s'écria soudain Rita, avant d'ajouter le mot le plus doux que Daisy ait jamais entendu. Poussez ! De toutes vos forces !

Elle obéit et sentit son corps se tendre à bloc. L'image qui lui vint à l'esprit fut celle d'un étalon piaffant, enfermé des jours entiers dans sa stalle, et soudain libéré. La pression s'accrût dans des proportions intolérables, jusqu'au moment où Rita reprit la parole.

— O.K., maintenant on arrête tout. Le bébé est en train de se tourner. Soufflez, Daisy, ne poussez plus. Retenez-vous !

Une plainte rauque lui échappa, mais Alex s'arrangea pour demeurer dans son champ de vision, la scellant à son regard. Il vivait cette expérience à fond avec elle. Par quel tour de passe-passe cet homme était-il devenu en l'espace de quelques heures une part aussi primordiale de sa vie ?

A l'origine, bien sûr, un banal concours de circonstances. Ils s'étaient trouvés pris l'un et l'autre dans une situation d'urgence… Mais quel dommage que ce sentiment d'intimité ne fût pas appelé à durer ! Dans sa détresse, Daisy se surprit à regretter qu'ils ne soient pas unis par un lien plus solide qu'une rencontre fortuite dans un restaurant.

— Vous vous débrouillez superbement, lui dit-il avec un sourire admiratif. Accrochez-vous, c'est bientôt fini… Plus que quelques minutes !

— Je ne peux pas, répliqua Daisy.

Elle savait, jusqu'au tréfonds d'elle-même, que c'était la stricte vérité. Seulement… Quelques minutes encore à souffrir ainsi, c'était tout bonnement au-dessus de ses forces. On surestimait sa résistance, elle était à bout ! Tant pis. Maintenant, elle allait tout arrêter. Fermer les yeux. Dormir…

— Oh que si, vous le pouvez !

Alex se rapprocha. Son visage lui effleura la joue.

— Daisy, je pense que vous pouvez *tout* faire…

— En ce qui me concerne, intervint Rita du bout du lit, je ne vous demande que de pousser. Un coup, peut-être deux, et votre bébé sera là, Daisy !

— C'est que je suis si fatiguée…

— Je sais.

Rita regarda son frère.

— Tu veux l'aider ? Assieds-toi derrière elle, et redresse-la contre toi.

Alex s'exécuta sans poser de questions. Une habitude de militaire… Il invita Daisy à se renverser contre sa poitrine et baissa les yeux vers la couverture qui protégeait sa pudeur.

Tandis qu'il la maintenait dans cette posture, il sentit la jeune femme bander tous ses muscles pour mobiliser ses dernières miettes d'énergie.

— Il arrive, Daisy ! cria joyeusement Rita. Encore, encore !

Alors, sous les yeux fascinés d'Alex, un petit être frétillant se glissa hors du corps de Daisy. De rage, ou d'indignation peut-être, cet humain miniature ouvrit grand la bouche et lâcha un cri perçant.

Rita souleva le bébé en riant pour l'exhiber devant Daisy et claironna, triomphante :

— C'est une fille, et elle est magnifique !

— Oh, regardez-la ! dit Daisy.

Et elle se renversa contre Alex, à bout de forces.

Celui-ci l'enveloppa dans ses bras et joignit son rire à celui de sa sœur tandis que la minuscule parcelle d'humanité hurlante faisait savoir sa fureur à l'assistance. Le monde extérieur devait être trop lumineux et trop froid à son goût…

Rita eut tôt fait de s'acquitter des premiers soins avant d'envelopper le nouveau-né dans une serviette-éponge pour le déposer sur le ventre de sa maman.

Puis elle entreprit de ranger la chambre tandis que Daisy demeurait abasourdie et silencieuse, sa progéniture bien au chaud dans le cercle de ses bras.

4.

Deux heures plus tard, la sage-femme était venue et repartie.

Le silence régnait dans la chambre plongée dans un paisible demi-jour où étaient installées Daisy et sa fille. Les Barone l'avait laissée seule, pressentant sans doute qu'elle avait besoin d'un moment de calme pour faire tranquillement connaissance avec son bébé.

Tandis qu'elle contemplait, éblouie, la petite fille blottie dans ses bras, une vague d'amour submergea Daisy. L'intensité de la sensation la prit au dépourvu. Cet amour lui conférait une force, presque une férocité, si puissante qu'elle lui permettrait, c'était certain, de renverser des montagnes… d'ici à quelques heures. Pour le moment, elle était épuisée.

Le bébé s'agita, on aurait juré qu'il essayait de lever la tête. Daisy jugea que ce qu'elle était en train de vivre tenait du prodige. Cette petite merveille qu'elle tenait dans ses bras, la générosité à peine croyable des Barone qui l'avaient accueillie chez eux et traitée comme une princesse, mieux : comme une des leurs…

Ce sentiment d'appartenir à un clan, la jeune femme ne l'avait jamais connu, mais il était impossible de se méprendre.

Sarah, la sage-femme, s'était chargée avec son efficacité coutumière de la paperasserie administrative après avoir procédé, avant toute chose, aux tests de routine, et confirmé que l'enfant et sa mère se portaient l'un et l'autre comme un charme. De fait, quoique moulue et exténuée, Daisy avait l'impression de planer.

Elle ne s'était jamais sentie aussi vivante.

L'adrénaline courant encore dans ses veines lui interdisait de dormir quand bien même elle se serait évertuée à garder les yeux fermés, ce qui n'entrait pas dans ses projets immédiats. Car contempler sa fillette l'absorbait complètement. Daisy examina chaque doigt, puis chaque orteil l'un après l'autre, admira le modelé du visage et le dessin délicat de la bouche… « Elle est à moi », songea-t-elle incrédule. Et une bouffée d'orgueil lui monta à la tête, à l'idée d'avoir participé à la création de ce petit être extraordinaire.

Dans le halo doré de la lampe de chevet, un duvet blond couronnait le crâne du bébé ; ses yeux bleu foncé étant clos, les cils noirs s'étiraient tels des éventails miniatures sur les joues et la bouche parfaite, en bouton de rose, pointait et se plissait comme si sa fille rêvait de… Mais au fait, de quoi rêvaient donc les bébés ? s'interrogea Daisy. Des souvenirs du paradis originel leur traversaient-ils l'esprit ? Cette explication poétique lui plut. Elle justifiait que les bébés sourient aux anges pendant leur sommeil. Au diable les arguments tristement rationnels des pédiatres !

Effleurant d'une caresse les mains de son bébé, Daisy s'émerveilla encore du miracle de ces dix doigts. Un soupir vaporeux s'échappa du petit nez. Daisy sourit. Tant de perfection dans la nature… L'enfant esquissa une grimace, souffla une bulle imaginaire puis s'apaisa. A chaque mouvement, même involontaire, il se creusait à son insu un chemin plus avant dans le cœur de sa mère.

Comment était-ce possible d'aimer aussi profondément, aussi vite ? Dès l'instant où ses yeux s'étaient posés sur sa fille, Daisy avait compris qu'il n'y aurait absolument rien sur terre qu'elle ne ferait pour elle. La tête lui tourna…

— Un sou pour connaître vos pensées !

Daisy releva la tête. Maria s'avançait dans la chambre à pas feutrés. Souriante, elle se pencha pour caresser avec d'infinies précautions la joue soyeuse du bébé. Un léger soupir lui échappa.

— Alors, jeune maman, quel effet cela vous fait-il ?

— *Maman*…

Daisy répéta encore une fois le mot pour le seul plaisir de l'entendre.

— C'est à peine croyable, dit-elle, rêveuse, mais je me sens en pleine forme !

Maria secoua la tête et s'assit sur la chaise près du lit.

— Je vous admire tant ! Comment avez-vous fait pour tenir le coup ? Quand ce sera mon tour — si mon tour arrive un jour —, j'exigerai au minimum un hôpital avec une salle d'opération, une escouade d'infirmières et de médecins, et toutes les techniques qui existent pour combattre la douleur !

Daisy se mit à rire de bon cœur et flancha soudain, alors que certaines parties douloureuses de son anatomie se rappelaient à son bon souvenir.

— Cela ne m'aurait pas déplu, concéda-t-elle avant de baisser les yeux sur le nouveau-né, pourtant je ne changerais rien à l'expérience que j'ai vécue. Exception faite de l'incursion dans votre appartement, bien sûr ! Je suis sincèrement navrée de vous avoir dérangés, ajouta Daisy avec une pointe de remords. Nous partirons dès qu'il fera jour, elle et moi, je vous le promets.

Maria rejeta ces excuses d'un geste désinvolte et se cala sur son siège. Son regard erra sur les murs de la chambre.

— Ne vous inquiétez pas pour si peu. Depuis que Gina a déménagé, cet appartement vide nous donnait le cafard. C'est agréable de revenir ici.

Elle fixa la pointe de ses chaussures.

— Rien ne presse, vous savez, poursuivit-elle plus bas. Si vous souhaitez rester quelques jours, c'est possible. Et il y aura toujours l'un de nous dans l'immeuble pour vous aider si vous avez besoin de quoi que ce soit…

Daisy trouva cette perspective si séduisante qu'elle en conçut quelque inquiétude. Son propre appartement, bien que petit, lui plaisait beaucoup ; mais la pensée d'avoir quelqu'un auprès d'elle pour les premiers jours de sa maternité était réconfortante. Elle avait beau avoir lu de nombreux ouvrages sur la question, et discuté avec les mères de famille qu'elle avait servies au restaurant, endosser pour de vrai la responsabilité d'un être humain tout neuf et sans défense avait quelque chose d'effrayant. De jeune célibataire, elle était désormais devenue maman… Avoir de la compagnie faciliterait peut-être la transition ?

Quoi qu'il en soit, se dit Daisy avec fermeté, son désir de prolonger un peu son séjour n'avait strictement rien à voir avec Alex.

— Il se pourrait que j'accepte, déclara-t-elle. Merci de votre offre !

Maria secoua la tête en souriant.

— Inutile de me remercier. Croyez-moi, Rita adorerait passer encore du temps avec le bébé. Et pour ma part, je vous le répète, je suis ravie que l'appartement de Gina soit de nouveau habité.

— Ce devait être fantastique, pour vous toutes, de vivre ensemble dans le même immeuble… ?

Les Barone devaient être très liés pour adopter ce mode de vie. Daisy se demanda quels sentiments pouvaient animer une grande famille soudée à ce point…

— Oui, dit Maria, la plupart du temps. Mais croyez-moi, les logements séparés étaient une nécessité !

Elle esquissa un sourire de conspiratrice et se pencha en avant.

— J'adore mes sœurs ; n'empêche que si nous n'avions pas chacune une porte et un verrou pour préserver notre intimité… Nous sommes tous *très* italiens, si vous voyez ce que je veux dire !

Cette confidence rappela instantanément à Daisy la scène surréaliste, Chez Antonio, et la violence de la joute verbale qui avait opposé Alex et son patron.

Tous les employés de Sal s'accoutumaient avec le temps à ses colères subites et à cette fâcheuse manie qu'il avait de rugir après tout le monde, à l'exception notable de sa tante Lucia. Les cris n'effarouchaient pas Daisy : élevée dans des familles d'accueil, elle avait appris très tôt à se boucher les oreilles quand il le fallait. De plus, les querelles, même vives, éclatant au grand jour au sein d'une famille, n'étaient pas forcément mauvais signe. Contrairement à certaines idées reçues, ne témoignaient-elles pas tout au moins que les divers membres s'aimaient assez pour se disputer ?

Chez Antonio, parmi le personnel, tous avaient eu vent de la *vendetta* opposant les Conti aux Barone. Simplement, Daisy n'avait pas saisi tout de suite qu'Alex appartenait au camp ennemi ; quand elle avait enfin compris la situation, il était trop tard pour qu'elle puisse intervenir… Les événements s'étaient enchaînés sans que personne n'ait eu prise sur eux.

En toute franchise, d'ailleurs, aurait-elle changé une virgule au déroulement de la soirée ? Daisy se souvenait encore avec acuité du bien-être que lui avaient procuré les bras d'Alex durant leur course folle. Du contact apaisant de sa main sur la sienne, plus tard, alors que la douleur de l'accouchement menaçait d'épuiser ses forces. Du réconfort inespéré de sa voix grave quand, à sa demande, il parlait à bâtons rompus, l'accompagnant à sa manière dans l'épreuve…

Et la venue au monde du bébé, alors qu'elle serrait les dents, plaquée contre le torse d'Alex, resterait gravée dans sa mémoire.

Non. A supposer qu'elle en ait eu la possibilité, Daisy n'aurait pas modifié une seconde de cette soirée. Alex Barone avait fait preuve à son égard d'une générosité que Daisy avait rarement vue chez un homme, même si son expérience en la matière était limitée…

Son cœur se serra tandis qu'elle se laissait aller à imaginer ce qu'aurait pu devenir sa vie si le père de son bébé avait été quelqu'un comme Alex. Sa fille et elle auraient reçu de l'amour à foison. Elles auraient bénéficié d'un véritable foyer, d'une famille pour les entourer et célébrer la naissance avec elles… Au lieu de quoi, il n'y avait qu'elle et le bébé. « C'est aussi bien ! se répéta Daisy avec force. Nous nous débrouillerons toutes les deux, voilà tout. »

Sans doute aurait-elle préféré une situation différente. Sans doute rêvait-elle d'une voix grave et d'un regard de jais…, mais sa fille n'en saurait jamais rien.

— D'après ce que m'a dit Alex, vous travaillez Chez Antonio ?

Le retour à la réalité fut brutal. Cependant, soulagée d'échapper à la dérive dangereuse de ses rêveries, Daisy saisit la balle au bond.

— Oui, depuis plusieurs années.

Maria baissa les yeux sur son chemisier et se mit à tripoter un fil d'un air absent.

— Cela vous plaît ? s'enquit-elle.

— Beaucoup, répondit Daisy sans hésitation. C'est un métier plein de surprises. Je fais tous les jours de nouvelles rencontres. Et les pourboires sont quelquefois très appréciables.

— Et les Conti… ?

Cette fois, Daisy observa un silence prudent.

Elle s'en serait voulu d'offenser l'un des membres du clan Barone après le fier service qu'ils venaient de lui rendre, au moment où elle en avait le plus besoin. Tous s'étaient montrés serviables et accueillants. Rita l'avait aidée avec compétence à mettre son bébé au monde pendant que son frère lui tenait la main afin d'apaiser ses frayeurs… Pour autant, Daisy tenait aussi à rester loyale envers ses employeurs dont la conduite à son égard avait été irréprochable de bout en bout. Aussi choisit-elle ses mots avec un soin particulier.

— Maria, commença-t-elle, je ne connais pas grand-chose au différend qui oppose vos familles respectives. Ce que je sais, en revanche, c'est que les Conti ont toujours été formidables avec moi et je…

Les mots moururent sur ses lèvres. Maria s'était levée d'un bond. Elle fit quelques pas dans la pièce puis se retourna brusquement pour regarder Daisy bien en face.

— Cette stupide *vendetta* ! Au vingt et unième siècle ! Non, mais, vous vous rendez compte ? C'est grotesque !

— Vous n'êtes donc pas une farouche opposante aux Conti ? s'étonna Daisy, surprise et soulagée à la fois.

Maria partit d'un rire bref.

— Non. Même si cela ne nous avance à rien !

Elle avait l'air si malheureux, tout à coup, que Daisy, sur une impulsion, voulut s'employer à la réconforter.

— Pour information, Maria, sachez que, parmi les Conti, les plus jeunes de la lignée sont assez indifférents à cette rivalité…

— Vraiment ?

Le regard sombre de Maria se fixa sur elle et, même à distance, Daisy y décela une étincelle d'espoir.

— Sal et sa tante Lucia sont les plus remontés, assura-t-elle.

La seule évocation de la vieille dame au cœur de pierre, « patriarche » des Conti, suffit à donner à Daisy la chair de poule. Ses colères perpétuelles contre la terre entière avaient creusé des rides profondes et disgracieuses sur son visage. Elles avaient aussi atrophié le peu d'esprit qu'elle avait sans doute eu du temps de sa jeunesse. A l'écouter, il aurait fallu exécuter les Barone jusqu'au dernier de leurs descendants… Mais Daisy jugea inutile de s'appesantir sur le sujet.

— Pour une raison qui m'échappe, Sal et Lucia en veulent aux Barone, reprit-elle avec circonspection. Ils se gardent bien sûr d'en parler en présence du personnel, mais… Quand ils se mettent l'un et l'autre à vociférer, il est difficile de ne pas glaner quelques détails.

— Pardi ! marmonna Maria, de plus en plus morose.

— Mais ce sont les seuls, souligna Daisy. Bianca et Steven, ainsi que leur mère, ne veulent pas entendre parler de ces vieilles histoires.

Maria haussa les sourcils et parut perplexe.

— Steven déteste voir son père lancer des imprécations contre votre famille, poursuivit la jeune femme. Une fois ou deux, il a même tenté de prendre la défense des Barone… Mais Sal a refusé de l'écouter.

Un sourire incurva enfin les lèvres de son hôtesse.

— C'est déjà quelque chose, commenta celle-ci en avalant sa salive. La situation va donc peut-être évoluer ? A moins qu'il ne soit trop tard pour… Oh !

— Quelque chose ne va pas ? demanda Daisy.

Maria était devenue très pâle.

— J'ai un peu mal au cœur. Ce n'est rien, ne vous inquiétez pas.

Une main plaquée sur le ventre, l'autre sur la bouche, elle inspira longuement.

— Maria ! intervint Rita en passant la tête dans l'embrasure de la porte. Voyons, cette femme vient d'accoucher ! Si tu la laissais, maintenant, pour qu'elle puisse prendre un repos mérité ?

— Mais je ne suis pas…, commença Daisy.

— Bonne idée, l'interrompit Maria en se levant précipitamment. Dormez bien, Daisy. Nous nous reverrons plus tard !

Elle s'éclipsa.

— Avez-vous besoin de quelque chose ? s'enquit Rita en souriant, après le départ de sa sœur.

« *Besoin* ? Non », songea Daisy. Mais *envie*…

Elle avait envie de voir Alex, de savoir où il avait disparu et quand il reviendrait — s'il devait revenir un jour… Il lui parut très étrange, voire saugrenu, de se sentir aussi proche d'un homme dont elle avait fait la connaissance à peine quelques heures plus tôt. Cependant, ne disait-on pas que les amitiés nouées au front étaient les plus solides ?

Après tout, le lent travail de l'accouchement s'apparentait bel et bien à une bataille, livrée contre la douleur…

Au souvenir de la poigne ferme de son allié d'un soir, du grondement âpre de sa voix, de la tranquille assurance de son regard…, le cœur de Daisy fondait du désir de le retrouver. Avoir surmonté ensemble une telle épreuve les avait plus étroitement liés qu'elle ne l'aurait cru possible.

Néanmoins, il était hors de question de révéler ce sentiment à la propre sœur d'Alex. Pour quelle raison Rita voudrait-elle d'une mère célibataire attachée aux basques de son frère ? Daisy ravala bravement les questions qui se bousculaient sur ses lèvres et se borna à secouer la tête.

— Non, merci, dit-elle simplement. Je n'ai besoin de rien.

— Vous êtes sûre ?

— Sûre et certaine. Vous avez déjà beaucoup fait pour moi. Je ne pourrai jamais vous remercier assez…

— Alors n'essayez même pas, dit Rita sans se départir de son sourire. J'ai eu le bonheur de participer à la naissance de votre petite merveille, et cela restera pour moi un souvenir inoubliable. Dans le service de cardiologie où je travaille désormais, je n'ai plus guère l'occasion de pratiquer des accouchements.

Le regard de Daisy effleura son bébé, qui dormait toujours.

— Une petite merveille…, répéta-t-elle d'un ton rêveur.

— Absolument ! approuva Rita. A présent, je dois descendre au troisième étage. Sachez que Maria a prévu de rester ici jusqu'au retour d'Alex, pour le cas où vous auriez besoin d'aide.

Alex.

Rita l'ayant nommé la première, Daisy se sentit autorisée à poser enfin la question qui la taraudait, d'un ton qu'elle espéra de tout cœur dégagé.

— Alex est parti ?

Un bref pétillement dans les yeux de Rita confirma ses pires craintes : les tremblements de sa voix l'avaient trahie.

— Il sera bientôt de retour.

— Oh ! Il n'est pas obligé de…

— Bien sûr que si, décréta Rita en désignant le bébé du menton. Même les petites merveilles ont besoin de couches…

Elle sourit franchement.

— Il est allé acheter quelques fournitures pour la petite, précisa-t-elle.

A ces mots, une délicieuse sensation de chaleur envahit Daisy. Alex n'avait donc pas pris la fuite, il était parti lui faire encore une faveur…

— En attendant, si vous faisiez une petite sieste en même temps que le bébé ? suggéra Rita.

— Bonne idée, murmura Daisy.

Elle souriait encore lorsque la porte se referma sans bruit.

S'enfonçant plus bas sous le drap, elle attira sa fille contre elle et en profita pour déposer un baiser furtif sur son front. La lampe, de l'autre côté du lit, baignait la chambre de jaune pâle. Par-delà les fenêtres, l'aurore commençait juste à égayer le ciel de rose et d'or. Les doubles vitrages calfeutraient avec difficulté les sons de la cité qui s'éveillait. Les premières allées et venues s'entendaient dans la rue… Mais ici, dans cette pièce encore habitée d'ombres, la vie était calme et voluptueuse.

Son corps lui faisait mal mais son cœur, lui, était gonflé de joie. L'adrénaline avait peu à peu reflué, la fatigue l'emportait à présent. Paupières closes, elle respira lentement, profondément, pour se relaxer et purifier son esprit de toute pensée parasite. Puis elle se donna mentalement l'ordre de dormir sans plus songer ni à son adorable bébé ni à un certain Ange Bleu en permission.

Alors, afin de lui concocter de jolis rêves, sa mémoire lui présenta une dernière fois, avec obligeance mais sans insister, l'image du sourire d'Alex.

Le temps qu'Alex revienne à l'appartement au pas de course, nanti de quatre sacs remplis à ras bord d'accessoires indispensables au bien-être d'un bébé, Rita était redescendue chez elle et Maria dormait sur le canapé.

Il se débarrassa de son chargement dans la cuisine, réveilla sa sœur et la renvoya chez elle avant de pousser la porte de l'ancienne chambre de Gina.

La lumière du petit matin, filtrée par les fenêtres à l'autre extrémité de la pièce, n'atteignait pas encore la jeune femme endormie dans le lit. Quelques timides rayons de soleil illuminaient une mèche soyeuse qui brillait comme du vieil or. Les longs cheveux bouclés, épars sur l'oreiller, formaient une couronne d'un havane tirant sur le roux. Des traces de fatigue soulignaient les yeux clos de Daisy mais, dans son sommeil, un sourire de félicité étirait son visage. Sa main entourait le corps de sa fille lovée contre elle…

Alex observa le mouvement régulier de sa poitrine, qui se soulevait par intermittence, et se sentit aussitôt rassuré : le bébé et sa maman se portaient bien. Il n'y avait aucune raison de se faire du souci. Pourtant, une angoisse sourde l'habitait.

Tout allait bien *maintenant*… Mais plus tard ? Que se passerait-il lorsque Daisy retournerait chez elle et se retrouverait en tête à tête avec son nouveau-né, aux prises avec le quotidien d'une jeune mère célibataire ?

Alex se rembrunit à la pensée du père — un sinistre inconscient, celui-là —, qui avait pris la décision inexplicable de quitter une femme comme Daisy. Quel genre de sous-homme était capable de tourner le dos à son enfant à naître ?

Mais la question essentielle n'était pas là. Le plus difficile à comprendre, songea brusquement Alex, c'était pourquoi lui-même s'en préoccupait autant.

Ce constat le glaça.

Fourrant les mains dans ses poches, il appuya une épaule contre le chambranle tout en dévisageant Daisy. Par quel mystère cette femme éveillait-elle chez lui un intérêt si puissant ? Il se demanda ce qui avait bien pu le percuter en un rien de temps… Le réflexe classique du preux chevalier volant au secours de la demoiselle en détresse ? Peut-être se faisait-il des idées. Peut-être se méprenait-il sur la profondeur des émotions qui l'animaient — sa volonté de venir en aide à Daisy pouvait fort bien s'expliquer par un simple geste de charité chrétienne…

Seulement, ce n'était pas son genre d'endosser le costume du héros au grand cœur prêt à sauver les malheureux croisant son chemin. Quant à la charité chrétienne… Non, hier soir, son intervention tenait d'un strict concours de circonstances. Un pur hasard… Dont Alex ne savait que faire, à présent.

Se détachant du chambranle, il s'avança dans la pièce en prenant garde de ne pas faire de bruit. Ni la mère ni l'enfant ne bronchèrent, inconscients de sa présence. Cela tombait bien : il avait besoin d'un moment pour réfléchir. Pour peu que Daisy ouvre les yeux et les braque sur lui, son cerveau refuserait de fonctionner, il le savait.

Il s'installa comme tout à l'heure sur la chaise près du lit, et tendit la main. Doucement, il écarta la mèche dorée du beau visage de Daisy. Elle soupira dans son sommeil et se tourna vers la chaleur de sa paume. Alors, Alex esquissa malgré lui un sourire ravi et lui effleura tendrement la joue du bout des doigts, s'émerveillant de sa douceur satinée. De légères vibrations électriques remontèrent le long de son bras…

C'était la première fois qu'une femme déclenchait chez lui une réaction aussi immédiate et, surtout, aussi aiguë. Il était sous le charme, et cela le mit presque mal à l'aise. Avait-il le droit de ressentir pareille attirance pour une jeune femme qui venait d'accoucher ?

Le moment était mal choisi pour s'appesantir sur ces questions dérangeantes. Les yeux rivés à la belle endormie, Alex préféra remettre l'analyse à plus tard. Il se contenterait de savourer sa chance d'être ici, sentinelle de l'ombre auprès de Daisy.

5.

Dans son rêve, un chaton miaula doucement pour attirer l'attention. Mais en ouvrant les yeux, Daisy s'aperçut que ce chaton n'était autre que sa propre fille qui gigotait sur le drap, sans doute affamée.

— Elle vient juste de se réveiller.

Cette voix grave était reconnaissable entre toutes. Tout comme le frisson qui courut dans son dos…

Son regard se détourna un instant du petit visage encore un peu froissé du bébé pour voler vers le visiteur assis sur la chaise près du lit. Elle en eut comme des palpitations au creux du ventre. Aussitôt, elle se réprimanda sévèrement en son for intérieur.

Si elle se retrouvait aujourd'hui toute seule pour élever son enfant, c'était d'abord parce qu'elle avait commis un jour l'erreur de laisser son cœur diriger ses actes. Elle avait confondu avec un authentique amour l'intérêt purement physique manifesté par un homme à son égard et sa méprise lui coûtait cher. Elle n'avait pas fini d'en payer les conséquences…

Alors, on ne l'y reprendrait plus. De toute façon, elle ne pouvait se permettre de tomber une seconde fois dans le même piège. Car désormais, l'enjeu dépassait largement son propre bonheur ou son bien-être : elle devait penser à son bébé.

Sa petite fille.

Sa seule famille…

S'accrochant à cette pensée comme à une bouée de sauvetage, Daisy put enfin croiser le regard d'Alex, qui la dévisageait avec chaleur. Une envie folle la prit de se perdre dans leurs ténèbres accueillantes. Elle parvint de justesse à la réprimer en se concentrant sur son enfant — c'était un terrain plus sûr.

— Je n'arrive pas à croire que j'ai failli ne pas me réveiller ! s'exclama-t-elle d'un ton léger. Quel genre de mère suis-je donc ?

— Une mère épuisée ? suggéra Alex en se penchant, le menton dans ses mains.

Sa chemise couleur d'ambre le flattait, rehaussant en particulier la parenthèse de peau hâlée que découvrait le col défait. Sa carrure admirablement découplée étirait l'étoffe au-dessus de ce jean usé qui allongeait encore sa silhouette mince. Comme il lui souriait, Daisy nota malgré elle une pointe de connivence dans son regard qui porta un coup à sa résolution de se tenir à distance.

Alex Barone était décidément un homme d'une virilité redoutablement séduisante.

— A mon avis, poursuivit-il comme si de rien n'était, elle aurait fini par attirer votre attention dans une minute ou deux…

— N'est-elle pas extraordinaire ? murmura Daisy en caressant la joue de l'enfant.

— Oui, elle est très belle.

L'acuité du regard qui la sondait eut raison de sa résistance. Elle releva la tête…

— A dire vrai, poursuivait-il, j'étais en train de penser que c'était surtout vous qui étiez extraordinaire, Daisy.

Il se tut.

— Et dire que je ne connais même pas votre nom de famille !

— Cusak, dit-elle. Nous n'avons guère eu de temps pour les présentations, n'est-ce pas ?

— Les circonstances étaient un peu… extrêmes.

— C'est le moins que l'on puisse dire ! confirma Daisy avec un petit rire gêné.

Alex opina en silence, sans quitter des yeux son interlocutrice. Il lui semblait que Daisy aimantait son regard. Tandis que cette idée faisait son chemin dans sa tête, il se demanda ce qu'il devait en déduire. La situation ne se prêtait pas franchement à une aventure romantique…

Nom de nom ! Cette jeune femme venait d'accoucher, et voilà qu'il se mettait à imaginer des choses… troublantes… Mieux valait s'efforcer de penser à autre chose.

Le bébé miaula de nouveau. Son poing s'agita en l'air à l'aveuglette. Devant ce spectacle, le sourire d'Alex s'élargit. Ce petit être était si frêle et vulnérable qu'une bouffée de tendresse l'envahit.

Il s'accorda un instant pour la savourer.

— Lui avez-vous donné un prénom ? s'enquit-il enfin.

— J'y ai longuement réfléchi, répondit Daisy en se déplaçant pour trouver une position plus confortable dans le lit.

Notant la manœuvre, Alex se précipita.

— Laissez-moi prendre la petite, proposa-t-il.

Il souleva le bébé avec une adresse qui l'étonna lui-même, et le nicha dans le pli de son bras gauche. Tous les Italiens savaient par avance comment porter un bébé, c'était chez eux une seconde nature.

L'enfant dut sentir son assurance, car elle se calma instantanément, comme si elle n'avait attendu que cela.

— Toi, tu es une sacrée charmeuse, tu sais ? chuchota-t-il.

— Elle vous aime bien, déclara Daisy.

Un peu désarçonné, il la regarda.

Elle s'était redressée contre les oreillers. La chemise de nuit lilas empruntée à Rita avait une taille de trop et son décolleté plongeant troubla Alex. Entre ses boucles chiffonnées et la fine bretelle qui avait glissé de son épaule, Daisy offrait une alliance d'innocence et de sensualité aussi improbable que craquante. Comme si cela ne suffisait pas, le sourire léger qui flottait sur ses lèvres jetait de l'huile sur le feu…

S'obligeant une nouvelle fois à détourner le regard, Alex baissa la tête vers le bébé blotti dans ses bras. Il comprit sur-le-champ son erreur : ce terrain-là se révéla pareillement glissant. En proie à une émotion qu'il eût été bien en peine de décrire, il se sentit percé jusqu'à l'âme par ces prunelles d'un bleu foncé si énigmatique. Se pouvait-il que ce bout de chou touchât une part de lui-même encore inexplorée ?

De plus en plus déconcerté, Alex caressa une des menottes obstinément fermées. Et soudain, la menotte lui saisit un doigt. Cette prise inattendue trouva un écho jusqu'au plus profond de lui-même…

Bon sang ! Il n'aurait pas cru éprouver une quelconque inclination vis-à-vis de ce bébé-là. Après tout, il n'était pas son père ! Même pas son oncle ! Ni même un ami de la mère… Pourtant, insidieusement, la magie l'emportait et, contre toute attente, Alex était bouleversé. Ce nouveau-né était à lui seul un miracle, à la fois naturel et extraordinaire…

Il inspira un bon coup avant d'expirer très lentement — une vieille recette de yoga à laquelle il avait recours chaque fois que lui venait le besoin de se « recentrer ». Diable ! Il aimait les enfants depuis toujours, certes, au point qu'il avait parfois songé à en engendrer quelques-uns lui-même, plus tard. Mais c'était avant que sa fiancée ne le quitte, emportant avec elle ses vagues projets de fonder un foyer.

Alex tenta en vain de dégager son index. Le symbole ne manquait pas d'à-propos — d'une certaine manière, il se sentait lié à ce bébé pour avoir pris une part active à sa venue au monde. Il avait assisté au prodige de cette naissance, et cela changeait tout.

« Ta maman n'est pas la seule à faire des ravages, n'est-ce pas ? » souffla-t-il en pensée. Il s'éclaircit la voix sans quitter l'enfant des yeux.

— Et… Quel prénom avez-vous choisi, en fin de compte ?

La douce voix calme de Daisy lui parut aussi brûlante que les premiers rayons de soleil qui enflammaient peu à peu la chambre.

— Jusqu'à hier soir, je songeais à « Sarah » ou « Molly »…

— Très jolis l'un et l'autre, approuva Alex.

Il chercha malgré lui une confirmation dans le regard de la petite. Ce choix influencerait sans doute sa personnalité… A quoi ressemblerait-elle, d'abord, d'ici à quelques années ?

— Mais maintenant…

Daisy hésitait.

Le silence se prolongeant, Alex n'y tint plus et se tourna vers la jeune femme. Les beaux yeux bleus de Daisy l'observaient avec une intensité étonnante. Cette femme et sa fille formeraient décidément un duo de choc.

— Maintenant… ? répéta-t-il pour l'encourager.

— J'ai envie de l'appeler Angel, dit-elle d'une traite.

— Angel… Ce prénom lui va à ravir, commenta Alex en berçant le poids plume contre lui.

— En outre, il me rappellera toujours cette nuit… Et vous, conclut Daisy après un bref silence.

— *Moi* ?

Il fut aussitôt sur le qui-vive. A quoi pouvait-elle bien faire allusion ?

60

Puis la mémoire lui revint. Il devina qu'elle parlait des histoires sur son équipée chez les Blue Angels ; celles qu'il lui avait contées tandis qu'elle souffrait pour donner la vie.

— Je ne sais pas ce que j'aurais fait sans vous, Alex.

Ses yeux bleus s'étaient curieusement assombris. Hypnotisé, Alex se rapprocha d'elle tout en prenant soin de ne pas déranger le bébé qui somnolait.

— Si je n'avais pas dîné Chez Antonio, Sal aurait appelé une ambulance. Tout se serait bien passé, rassurez-vous.

— Mais vous n'auriez pas été à côté de moi pendant l'accouchement ! Votre voix m'a tellement aidée. Le simple fait de vous entendre parler… C'est un cadeau inestimable que vous m'avez fait là. Merci, Alex.

Joignant le geste à la parole, elle tendit la main et la posa sur son bras.

La chaleur de ces doigts se propagea en lui comme la foudre, des cheveux jusqu'à la plante des pieds. En dépit de la débauche d'efforts qu'elle venait de fournir, Daisy rayonnait d'énergie… Il lui tardait de découvrir à quoi ressemblerait sa personnalité, une fois toutes ses forces revenues.

Pour l'heure, Alex était si fichtrement ému qu'il ne savait plus quoi dire. Le plus simple était encore d'opter pour la vérité nue.

— Je suis heureux d'avoir pu me rendre utile, répliqua-t-il d'une voix altérée. En ce qui me concerne, je n'aurais manqué cette nuit pour rien au monde…

Les deux jours suivants filèrent comme le vent.

Alex et Daisy s'étaient tout naturellement installés dans une forme de douillette routine qui ne tarda pas à devenir presque trop confortable au goût de la jeune femme.

Il ne fallait à aucun prix qu'elle se laisse aller à dépendre d'Alex Barone. De sa présence, de son aide. Elle en avait conscience, mais comme il était difficile de lui résister ! C'était au point qu'ils étaient passés du « vous » au « tu » spontanément et presque sans s'en apercevoir… Daisy s'égarait dans les abysses sombres des prunelles d'Alex, et le seul son de sa voix lui faisait battre le cœur et perdre le souffle.

Or tout cela ne durerait qu'un temps…

Daisy ouvrit la fenêtre du salon de Gina Barone et passa la tête au-dehors pour observer la rue en contrebas. La brise légère tout droit venue de l'océan charriait les parfums et les bruits de la cité au travail. Sur le trottoir d'en face, de jeunes amateurs de rollers zigzaguaient autour de l'étal d'un fleuriste qui leur criait des insultes aussi colorées que ses œillets. Un arôme appétissant de pain frais flottait dans l'air : l'œuvre du boulanger au coin de la rue, sans doute. Par la fenêtre entrebâillée d'un rez-de-chaussée, une stéréo poussée à fond martelait un rap lancinant…

A Boston, l'été s'annonçait. Avec les premières grosses chaleurs, débarqueraient les touristes venus visiter les monuments, suivre le parcours historique du Freedom Trail ou simplement séjourner un moment dans la ville, en transit vers d'autres destinations…

Comme Alex.

Si sa famille résidait ici, lui travaillait pour l'armée : en d'autres termes, il n'habiterait jamais longtemps au même endroit.

Daisy plaqua sa paume brûlante sur la surface polie et froide de la vitre. Le moment était venu pour elle de partir. Il lui fallait s'éloigner d'Alex Barone et rentrer chez elle avant que partir ne devienne une épreuve.

Un sourire amer incurva ses lèvres. N'était-il pas déjà trop tard pour ne pas souffrir de nostalgie ? Elle s'était désormais habituée au rire d'Alex, à sa voix grave, au regard qu'il portait sur elle et qui lui donnait l'exquise impression, par instants, d'être pour lui la personne la plus importante au monde… Une sensation inédite pour Daisy, et qui lui manquerait cruellement à l'avenir.

Soudain, le paysage urbain parut dépeuplé et tristement hostile. Glacée, Daisy referma la fenêtre.

Dans son dos, elle entendit la porte de l'appartement grincer sur ses gonds puis claquer dans un bruit sourd. Il était rentré, devina Daisy sans même se retourner. Elle n'eut pas besoin d'attendre que résonne le bruit familier de ses pas sur le parquet de bois ciré. Chacun de ses nerfs lui signalait la présence d'Alex.

Décidément, elle filait un mauvais coton… Avalant sa salive avec difficulté, elle pivota sur ses talons pour accueillir Alex.

Lorsqu'il s'encadra sur le seuil du salon, en grande tenue d'officier, elle se dit, non sans un pincement au cœur, que sa prestance et son allure touchaient à la perfection. Un vrai modèle pour les campagnes de recrutement de la marine nationale…

Mais il y avait autre chose.

A la différence de son invitée, Alex semblait parfaitement à sa place dans l'atmosphère d'élégance tranquille qui régnait dans cet appartement.

Daisy parcourut brièvement du regard les lieux désormais familiers, passant d'un trésor à l'autre, admirant les sofas tendus de soie, le vase chinois, les bronzes antiques… La décoration, ici, était d'un goût exquis. Et, une fois de plus, Daisy se fit l'effet d'une extravagance dans le décor.

Alex, comme sa famille, considérait sans doute ces riches objets d'art comme de simples détails familiers de son environnement. Par ailleurs, sans le moindre doute, il eût été capable de lui exposer en détail l'origine et l'histoire de chacun. Et ces pensées n'aboutirent qu'à pointer avec une précision cruelle le fossé qui séparait Daisy Cusak du beau pilote sanglé dans son uniforme, fortuné, cultivé… *inaccessible*.

Leurs regards s'enchaînèrent. Même à cette distance — Alex était encore sur le seuil —, Daisy se sentit enveloppée par le charme de son compagnon.

— Bonjour… As-tu faim ? demanda-t-il. Après ma réunion de travail, j'ai acheté un dîner chinois pour deux.

Elle hocha la tête sans prononcer un mot. Son désarroi n'avait aucun sens. Elle et lui n'avaient pas grand-chose en commun, et après ? Pourquoi s'en souciait-elle ? Il n'y avait rien entre eux, et il n'y aurait jamais rien. Alex s'était montré serviable, point final. Les chances pour que leur relation évolue dans les jours à venir avoisinaient le zéro… De toute évidence, leurs univers étaient aux antipodes l'un de l'autre. Pourquoi diable un héritier des Barone s'intéresserait-il à une fille mère exerçant l'humble profession de serveuse ?

La réponse s'imposait avec une évidence rageante.

Il ne s'intéresserait *pas* à elle.

— Tu n'as pas l'air convaincue, commenta Alex.

— Navrée, répliqua la jeune femme avec un sourire contraint.

Inutile de laisser transparaître les idées loufoques qui lui traversaient l'esprit. Elle s'efforça de se ressaisir. Son abattement devait être une forme de *baby blues*… Nombre de femmes traversaient, lui avait-on expliqué, une période de déprime après l'accouchement. Ce devait être ça. Dès qu'elle se retrouverait chez elle, de plain-pied dans le quotidien familier, le moral remonterait en flèche. Bien entendu, elle ne reverrait plus Alex. Mais n'était-ce pas préférable, tout compte fait ?

— Viens, lança-t-il en précédant son invitée dans la cuisine. Tu vas adorer, je te le promets ! Ces plats proviennent de Chez Chang, le meilleur restaurant chinois de Boston.

— Ils sentent très bon, concéda Daisy en humant l'air.

— Ils sont encore meilleurs à manger.

Alex posa le sac sur le comptoir.

— Quand je suis arrivé, reprit-il, tu semblais plongée dans des réflexions plutôt sérieuses…

A sa vive contrariété, Daisy sentit ses joues s'empourprer.

— Pas si sérieuses, prétendit-elle. Disons que mon esprit vagabondait…

— En des lieux… particuliers ?

« Et comment ! », songea la jeune femme. Mais elle ne pouvait se permettre de dévoiler telles quelles ses élucubrations devant Alex.

Pour gagner du temps, elle promena son regard autour d'elle. La jolie cuisine avait été aménagée avec un goût classique irréprochable. La blancheur étale des murs et des appareils ménagers conférait à la pièce un brillant spectaculaire. Daisy, pour sa part, aurait volontiers coloré les placards en jaune citron, mais l'évier de porcelaine peint à la main lui plaisait beaucoup. En revanche, les herbes aromatiques en pots disposées sur l'appui de la fenêtre, trop touffues, lui semblèrent négligées. Elles ne paraissaient pas à leur place dans cette cuisine si bien tenue…, comme elle-même ne l'était pas davantage dans cet appartement.

Alors, elle éprouva un brusque élan de sympathie pour ce jardin miniature à l'abandon.

— C'est juste que…

Son cerveau s'enraya au moment de lui fournir une idée, quelque chose à dire, n'importe quoi… Désemparée, elle regarda Alex disposer sur la table plusieurs barquettes de carton blanc.

— Oui ?

— Je me disais que… que je ferais mieux de rentrer bientôt chez moi.

Alex s'immobilisa, la main dans le tiroir dévolu à l'argenterie.

— Déjà ? se récria-t-il en la sondant du regard. N'est-ce pas un peu tôt ? Tu viens d'accoucher… Rien ne presse, on te l'a dit. Tu peux rester ici aussi longtemps que tu le souhaites…

— Oui, je le sais.

C'était précisément la source du problème : plus elle s'attardait, plus elle avait envie de rester. Ce qui, pour finir, rendait plus pénible encore la perspective inéluctable du départ.

— Rita et Maria me l'ont proposé plusieurs fois, ajouta-t-elle.

Les sœurs d'Alex avaient été merveilleuses. Toutefois, Daisy ne pouvait s'empêcher de se demander quelquefois si elles auraient fait preuve de la même générosité envers elle en sachant qu'elle nourrissait des sentiments plutôt troubles vis-à-vis de leur frère...

Alex insista.

— Alors, où est l'urgence ?

Tirant une chaise à elle, Daisy s'assit avec une certaine lenteur. Son corps n'avait pas encore recouvré toutes ses forces. Les coudes plantés sur la table, elle releva les yeux vers son hôte.

— Je ne pars pas en courant, Alex. Simplement, je ne me sens pas à mon aise ici. En fait, il me tarde de regagner mon propre logis.

Alex s'installa en face d'elle, lui tendit une assiette et des couverts, et entreprit d'ouvrir une barquette après l'autre. Instantanément, la cuisine s'emplit d'exquis fumets exotiques : poulet mariné, brocolis, noix de cajou...

— C'est tout à fait naturel, commenta-t-il tandis que Daisy optait pour une portion de riz cantonais. Cela dit, je pensais que tu te plaisais quand même un peu chez nous...

— Oh, Alex, c'était fantastique ! Vous avez tous été merveilleux, toi et tes sœurs, mais...

La fourchette d'Alex claqua sur la table.

Il se renversa contre son dossier et croisa les bras. Sa veste blanche immaculée faisait ressortir son teint hâlé. Daisy nota que plusieurs rangées de rubans ornaient la poche de poitrine.

66

Qu'avait-il fait, quels dangers avait-il affrontés pour mériter de telles distinctions ?

— Je sais ce que c'est que l'envie de rentrer chez soi, Daisy, figure-toi.

Il eut un rire bref et se redressa pour poser les bras sur la table.

— Avec une famille telle que la mienne, la première chose que l'on recherche, c'est un peu d'intimité.

Daisy secoua la tête, incrédule.

— Pourtant, ta famille est formidable… Et puis je t'ai vu, avec tes sœurs, vous êtes très proches.

Pour avoir enduré pendant d'interminables années une solitude qu'elle n'avait pas choisie, Daisy enviait profondément ces liens unissant Alex à son entourage. Il s'expliqua.

— Tu as raison, dit-il. Le hic, c'est que nous sommes trop nombreux… et envahissants les uns pour les autres. Alors, fais-moi confiance, je conçois parfaitement que tu éprouves le besoin de réintégrer tes pénates…

— Merci.

— Cela étant…

— Cela étant ?

— Je ne comprends pas pourquoi tu veux te retrouver seule dès maintenant, alors que ce n'est pas absolument nécessaire. Ni même souhaitable.

Son sourire en coin prit Daisy au dépourvu. Il lui fallut s'armer une nouvelle fois de courage pour résister à la tentation. Elle ne pouvait s'autoriser à compter sur lui, elle le savait.

— Alex, tu es en permission pour le moment. Si je reste, tu vas te sentir obligé de me tenir compagnie, or tu as certainement quantité d'autres choses à faire, d'autres personnes à voir…

— Faux ! répliqua Alex en poussant à portée de sa main la barquette de poulet aux noix de cajou. En permission, je fais ce qui me plaît…

Il se servit un rouleau de printemps et lui en proposa un avant d'ajouter :

— … Et, en l'occurrence, ce qui me plaît, c'est de passer du temps avec toi et la cacahuète.

A la mention du surnom dont il avait affublé Angel, un sentiment qui ressemblait fort à… de l'amour envahit Daisy.

Pour dissimuler son embarras, la jeune femme mordit dans son rouleau de printemps. Une saveur épicée explosa dans sa bouche…

— Alors, qu'en dis-tu ? demanda Alex, revenant à la charge. Tu restes encore un peu ?

Ce n'était pas raisonnable.

Si elle avait eu un tant soit peu de jugeote, Daisy aurait rassemblé ses quelques affaires, pris Angel dans ses bras et serait descendue héler un taxi pour se faire reconduire chez elle. C'était la seule chose sensée à faire, la seule option sans risque.

Seulement…

Dans sa vie, jusqu'à ce jour, elle s'était toujours efforcée d'opter pour la solution la plus rationnelle. A voir où cette politique l'avait menée…, il y avait de quoi douter de son bien-fondé.

Alors, subitement, Daisy décida de jeter la prudence par-dessus les moulins. Pour une fois !

— D'accord. Quelques jours, convint-elle à voix haute.

Devant le sourire lumineux d'Alex, sa gorge se serra.

C'était là une sensation très inconfortable à laquelle il lui faudrait sans doute s'accoutumer dans les heures à venir.

6.

Vers la fin de la semaine, Daisy ne put retarder davantage son départ.

Le besoin la tenaillait de retrouver le monde réel — ou tout au moins *son* monde. Aussi pénible fût la perspective de quitter la chaleur et le confort de l'immeuble ancien aux briques rouges, elle devait enfin faire ses bagages et prendre congé.

Comme c'était prévisible, Rita et Maria furent parfaites. Alors qu'elles étaient devenues amies en un rien de temps, toutes les trois, les sœurs d'Alex respectèrent sa décision. Elles parurent comprendre la nécessité pour la jeune mère qu'elle était devenue de faire son nid en tête à tête avec le bébé.

Alex, en revanche, ne parvenait pas à s'y faire.

— Je ne comprends pas, lui dit-il pour la quatrième fois peut-être en l'espace d'une demi-heure. Pourquoi es-tu si pressée de partir ?

— Voilà une semaine que je suis ici, Alex, lui rappela Daisy avec patience.

Elle était en train d'allonger Angel sur le lit pour lui changer sa couche.

— Et alors ?

Il s'étendit sur le matelas à côté de la petite et caressa ses cheveux de petit poussin.

— J'ai une vie, je te signale. J'ai aussi un appartement, même s'il n'a pas les proportions de celui-ci, et il est temps que j'y retourne.

Là…

Ce petit discours, Daisy l'avait répété toute la nuit. Elle l'avait agrémenté d'accents si convaincants qu'elle-même avait presque fini par y croire.

— Tu ne peux donc pas avoir une vie *ici* ? murmura Alex.

Elle osa un coup d'œil vers lui. Son sang se mit à battre sauvagement dans ses veines…

« Une autre excellente raison de partir », songea-t-elle. Il lui sembla voir les prunelles sombres d'Alex s'obscurcir encore, comme chaque fois qu'il cherchait à avoir gain de cause. Il était passé maître dans l'art de mêler autorité virile et tendresse craquante, dans le seul but de la gagner à sa cause… A moins que ce ne fût le fruit de son imagination ?

Daisy fixa les attaches Velcro de la couche puis dégrafa l'entrejambe d'un pyjama rose fuchsia, cadeau de naissance de Maria.

— Si, bien sûr. Je pourrais avoir une vie ici, admit-elle d'une voix posée. Seulement, ce ne serait pas la mienne.

Alex garda un silence songeur.

— D'accord, concéda-t-il enfin. Tu as gagné.

— Merci, chuchota Daisy.

— Tu devrais noter par écrit ce que je viens de dire. Je prononce rarement de telles paroles, tous mes proches en témoigneront ! J'ai horreur de perdre…

Il se dressa sur son séant et prit la petite contre son épaule avec le plus grand naturel — à croire qu'il avait accompli ce geste toute sa vie.

— Je t'en suis infiniment reconnaissante, dit-elle en souriant. Mais tu n'as rien « perdu », Alex.

A ces mots, il tourna la tête vers elle.

70

— Je ne suis pas de cet avis, rétorqua-t-il calmement.

Dans le ventre de Daisy, ce fut alors comme si vingt papillons prenaient ensemble leur envol.

Elle s'adjura de ne pas se faire des idées, de ne pas prendre cette affirmation pour davantage qu'elle n'était. Alex cherchait à se montrer courtois et sympathique à son égard. Il ne faisait aucune allusion à ce que lui laissait espérer sa libido déréglée.

— Alex…

Il se leva brusquement, brisant là leur échange. Il tenait toujours Angel dans les bras, comme si elle faisait partie de lui.

— Eh bien, dit-il, tes bagages sont prêts ?

Daisy esquissa un sourire désabusé.

— Cela ne m'a pas pris très longtemps. Je n'avais pas grand-chose avec moi en arrivant, rappelle-toi !

Il tendit la main, dégagea quelques mèches de son visage. Puis il fit glisser ses doigts le long de la joue, jusque sous le menton, obligeant sa compagne à le regarder en face. Et il la dévisagea longuement.

— Je ne l'oublierai jamais, Daisy.

Dès qu'il eut quitté la chambre avec le bébé, Daisy se laissa choir sur le lit. C'était plus avisé que d'essayer de rester debout, tant ses genoux flageolaient.

Dans le quartier sans histoires en bordure du centre-ville où résidait Daisy, rien ne distinguait vraiment l'immeuble abritant son appartement des bâtiments jumeaux de six étages donnant tous sur la rue.

Impersonnels mais propres, les murs de l'entrée, d'un beige uniforme et déprimant au goût d'Alex, portaient, pour décoration exclusive, une rangée de boîtes aux lettres assorties. A sa vive surprise, il s'aperçut que celle de Daisy contenait fort peu de courrier après huit jours d'absence — une ou deux factures, plusieurs dépliants publicitaires, pas plus. Aucun pli personnel indiquant qu'une personne, quelque part dans le monde, pensait à elle et attendait de ses nouvelles...

Ayant grandi dans une famille pléthorique, qui aurait pu à elle seule constituer une équipe de base-ball, Alex peinait à se représenter une existence menée dans un isolement aussi absolu, et l'idée de savoir Daisy esseulée avec son nouveau-né lui déplaisait foncièrement.

Ruminant ses pensées, il pénétra à la suite de sa compagne dans l'ascenseur. A la main, il portait la valise prêtée par Rita contenant les quelques accessoires accumulés par la mère et l'enfant durant leur séjour. Les oscillations intempestives de la cabine lui parurent inquiétantes ; d'instinct, il posa une main protectrice sur l'épaule de Daisy. Ce satané appareil bringue-balait tant qu'il avait l'air prêt à rendre l'âme. Alex prit note mentalement d'en toucher un mot au gérant de l'immeuble avant de repartir.

Ils firent une première escale au troisième étage. Les portes s'ouvrirent laborieusement sur un énergumène aux cheveux longs vêtu d'un jean élimé et d'un T-shirt criblé de taches, qui s'engouffra dans l'espace confiné de la cabine. Au passage, il jeta à Daisy un long regard lubrique qui donna à Alex des envies de le rouer de coups.

Mais la jeune femme ne lui prêta aucune attention. Tout entière concentrée sur sa petite fille qu'elle tenait dans les bras, elle n'aurait rien remarqué même si un exhibitionniste était monté dans l'ascenseur.

Ce qui ne fit qu'accroître l'anxiété d'Alex... Si elle restait aveugle à ce qui l'entourait, comment serait-elle en sécurité ? A présent qu'elle n'habitait plus chez ses sœurs, il ne pourrait plus assurer sa protection. Quant au fait que, peut-être, cela n'était pas de son ressort, il ne lui effleura même pas l'esprit.

Au quatrième, le jean déchiré s'éloigna d'une démarche chaloupée qui tenait de la provocation.

— Qui est-ce ? demanda Alex d'une voix tendue.

— Pardon ?

— Ce type, là... Qui te matait sans la moindre vergogne...

— Aucune idée, répondit Daisy tandis que la cabine reprenait sa bruyante ascension. Je ne connais pas grand monde dans l'immeuble. Est-ce qu'il avait l'air sympa ?

— Je te répète qu'il était en train de te mater !

— C'est ça ! s'exclama Daisy en riant. Une jeune accouchée... Je dois être absolument irrésistible !

En dépit de la colère qui grondait en lui, Alex tomba illico sous le charme de ce rire très doux, très harmonieux.

Daisy n'avait pas conscience de ses appas. Ces grands yeux clairs, cette chevelure auburn chatoyante... Et cette fragilité trompeuse, qui dissimulait en réalité une énergie intérieure inépuisable... L'ensemble produisait un effet renversant, qui donnait des envies de chercher des dragons à combattre pour s'en rendre digne.

La beauté de Daisy touchait une partie de lui-même sur laquelle il avait cessé de se pencher des années plus tôt. Précisément, depuis que sa fiancée l'avait quitté le jour de la Saint-Valentin, il y avait deux printemps de cela. En ce temps-là, Alex se prenait pour le roi du monde. Il avait une femme superbe à aimer, une carrière captivante et un avenir sans limites, si ce n'était celles qu'il choisirait de tracer lui-même...

Puis le mauvais œil avait frappé.

La malédiction ancestrale des Barone, l'hydre monstrueuse à sept têtes...

Du moins, ce fut sur elle que ses parents rejetèrent le blâme pour ce fiasco. Alex, pour sa part, estimait avoir été trompé par une simple mortelle qui, de sirène brûlante, s'était muée du jour au lendemain en princesse de glace. Il n'était même pas certain de savoir pourquoi Megan était partie. Cependant, elle ne lui manquait plus. La blessure d'amour-propre avait fini par cicatriser. Depuis, il s'était juré de ne plus s'exposer à des revers aussi cuisants, et de se tenir désormais à l'écart des relations promises à une longue durée.

Pour autant, il n'était pas question de s'astreindre à une existence monacale. Des femmes, Alex en avait plus que sa part, sans doute. Mais c'étaient toutes des alliées provisoires, de celles qui, comme lui, répugnaient à faire rimer amour avec toujours et se contentaient de partager de bons moments de franche rigolade, suivis d'une brève liaison et d'un au-revoir sans larmes ni regrets.

… Jusqu'à l'apparition de Daisy Cusak, qui semblait avoir relégué aux oubliettes ses facultés de raisonnement.

Car Daisy n'était pas du genre à briguer les aventures d'un soir, loin de là : avec elle, c'était tout ou rien. Or voilà qu'il s'engageait avec une facilité déconcertante vis-à-vis de cette femme-là, au mépris du danger…

L'ascenseur s'immobilisa enfin au cinquième étage.

Alex découvrit un long couloir qui ressemblait à tous les autres couloirs de l'immeuble. Même peinture beige, même moquette industrielle gris acier, mêmes appliques en acier inoxydable accrochées aux murs tous les deux mètres…

Une étroite lucarne, au bout de ce tunnel pâle, laissait filtrer par sa vitre nue quelques rayons de soleil apportant une clarté bienvenue au décor qui, sinon, eût été particulièrement terne. Alex regarda sa compagne à la dérobée mais Daisy, elle, n'avait d'yeux que pour la petite dont elle était en train de rajuster la position dans ses bras.

Ils s'engagèrent dans l'océan beige. Chacune des portes qu'ils dépassaient était identique à sa voisine.

Beige.

Diable ! Il finirait par haïr cette teinte…

Daisy s'arrêta devant la quatrième porte à gauche. Lorsque Alex se porta à sa hauteur, un sourire lui vint aux lèvres. Il aurait dû s'y attendre. La seule, l'unique note de gaieté dans la décoration insipide de cet immeuble devait être l'œuvre de Daisy.

Sa porte était laquée de jaune brillant. Au centre, était fixé un heurtoir de cuivre en forme de chat endormi, sur la queue duquel était gravée l'inscription « Daisy Cusak ». Touche finale au tableau, un paillasson à l'ancienne était disposé devant l'entrée.

— Très jolie, cette porte, se borna-t-il à déclarer.

Et cependant, combien d'autres choses lui plaisaient chez elle… ! A commencer par son attitude. Aux yeux d'Alex, les personnes qui tenaient bon face à l'adversité et luttaient pour se faire une place au soleil forçaient l'admiration.

Ainsi, devenue mère célibataire, loin de baisser les bras et d'appréhender le moment de se retrouver seule, Daisy ne demandait qu'à reprendre le cours de sa vie normale. Ainsi encore, vivant dans un univers dominé par un beige neutre, au lieu de se laisser gagner par la monotonie ambiante, Daisy avait choisi de la combattre en l'éclaboussant d'un jaune éclatant.

— J'aime les couleurs vives, confirma la jeune femme en fouillant dans son sac à la recherche de ses clés.

Lorsque la porte fut déverrouillée, Daisy précéda Alex dans l'appartement.

Instantanément, une mixture enivrante de plaisir et de fébrilité lui monta à la tête. Jusqu'à ce moment, elle n'avait pas mesuré à quel point son petit trois pièces lui avait manqué. Tous les objets familiers lui tendirent les bras pour l'accueillir ; elle sourit, heureuse d'être de retour en un lieu qui faisait incontestablement partie d'elle-même…

Mais sa joie fut de courte durée. C'était avec une certaine réticence qu'elle avait accepté de recevoir Alex ici. La disproportion entre la modestie de ce foyer et le luxe auquel il était sans nul doute habitué lui parut soudain criant. Elle s'alarma surtout de constater qu'elle tenait vraiment à ce qu'Alex se plaise chez elle. Elle s'était tellement investie dans l'aménagement et la décoration que, si son compagnon demeurait mal à l'aise — ou pire, si l'atmosphère lui déplaisait d'emblée ! —, elle aurait l'impression d'être elle aussi rejetée. C'était aussi grave que cela.

Alex eut tôt fait de lui ôter ce souci.

— C'est magnifique, murmura-t-il en s'avançant jusqu'au centre du salon.

Daisy suivit son regard en notant chaque détail qu'il découvrait pour la première fois.

La moindre surface plane était recouverte d'une véritable forêt vierge. La plupart des végétaux paraissaient assoiffés, à en juger par leurs feuillages tombants. Marguerites et saintpaulias en pots luttaient pour se ménager un coin d'espace vital entre les fougères et les coléus pourpres aux feuilles duveteuses et panachées. Le lierre tombant en cascade de trois pots distincts avait été guidé de manière à orner des photographies aériennes encadrées de villes lointaines qui la faisaient rêver. Paris, Madrid, Moscou. Athènes et Dublin… Peut-être les visiterait-elle un jour, en touriste ?

Tandis qu'Alex pivotait lentement sur lui-même pour scruter la pièce du regard, celui de Daisy se posa sur les tapis multicolores, créés par ses soins à l'aide de diverses chutes de tissus réunies en patchwork, dans le but de camoufler la moquette grise usée… Elle aperçut aussi les dossiers élimés des fauteuils, et dut fournir un sérieux effort pour ne pas les comparer aux sofas tendus de soie que recelait l'appartement de Gina.

La résidence des Barone était somptueuse, c'était indéniable… N'empêche : sa place était ici, dans le nid qu'elle avait préparé seule, jour après jour, pour elle-même et le bébé. Les réalisations qu'elle avait accomplies constituaient pour elle un grand motif de fierté. Les courtepointes douces, aux tons chauds, réalisées au crochet, les coussins cousus main et rembourrés de mousse par ses soins, le jaune lumineux qu'elle avait choisi pour les placards de cuisine… Tout ici portait sa marque de fabrique. Aux yeux d'une fille qui avait grandi sans rien posséder en propre, cela revêtait une signification essentielle.

A sa grande surprise, cependant, Daisy se rendit compte que l'opinion d'Alex comptait beaucoup. Elle guetta sa réaction en retenant son souffle…

Cette fois encore, il ne la déçut pas.

— J'aime, déclara-t-il, le sourire franc et le regard approbateur. Ton appartement est… *cosy*.

— Merci.

Une vague de fierté la submergea. Sans bien comprendre pourquoi, elle fut soudain ravie d'avoir Alex près d'elle.

— Je vais coucher Angel dans son berceau.

Passant devant lui, elle emprunta le couloir exigu menant à la salle de bains, à sa chambre et, tout au fond, à celle du bébé. Celle-ci était la pièce la plus petite, mais Daisy, là encore, avait pu donner libre cours à sa fantaisie.

Les murs étaient peints d'un bleu ciel agrémenté de nuages crème appliqués à l'éponge. L'effet général était celui d'un ciel d'été. Au premier plan, deux sections de palissade blanche étaient fixées par des clous. Une brassée de fleurs sauvages de couleurs vives émaillaient le paysage. Daisy avait choisi de les représenter en trompe-l'œil, afin qu'elles donnent l'impression d'émerger des lattes de bois de la palissade.

Le berceau avait été acheté d'occasion à l'une des serveuses de Chez Antonio. Après l'avoir repeint en blanc, Daisy avait confectionné un tour de lit dans un tissu rayé aux coloris lumineux, vert, bleu et jaune mêlés, et ajouté des draps et une couverture légère assortis. Dans le coin, un fauteuil à bascule, blanc également, faisait pendant à une petite commode. Près du berceau, sur une table carrée, trônait une lampe dont l'abat-jour s'ornait de chats courant après des souris vertes.

— C'est toi qui as conçu tout cela, n'est-ce pas ?

Alex l'avait suivie jusque dans la chambre d'Angel.

Cette voix, chez elle…

Bizarrement, elle lui parut sonner juste dans le décor de l'appartement. Daisy se dit que le phénomène avait quelque chose d'inquiétant. Mais la satisfaction d'être rentrée à la maison l'emporta. Pour les questions, les soucis, on verrait plus tard…

Après avoir déposé sa fille endormie dans le berceau, Daisy se tourna vers Alex.

— Oui, c'est moi. J'adore peindre et bricoler.

— Tu es douée, c'est évident.

Une épaule appuyée au chambranle, il enfonça les mains dans les poches de son jean. Il avait si fière allure dans ce cadre que Daisy dut se répéter de ne pas prêter attention à ce genre de détails, encore moins de s'y attacher…

Mais n'était-il pas déjà trop tard pour s'entourer de ces précautions ?

— Je me demande ce que tu pourrais faire du quartier des officiers, à la base. Il est d'un blanc stérile et uniforme à souhait…

Daisy sourit.

— Avec un peu de couleur, on peut faire des miracles, affirma-t-elle avec élan.

— Certains d'entre nous, oui, apparemment.

Le regard audacieux d'Alex la caressa alors de haut en bas, avant de remonter sans hâte jusqu'au visage. Elle sentit cette caresse aussi sûrement que si une main brûlante la lui avait prodiguée…

Il lui sembla soudain discerner une lueur de convoitise dans ce regard lourd de sous-entendus. En réponse, sa peau se mit à fredonner un air joyeux. Son souffle s'accéléra. Brusquement, la chambre d'Angel était devenue trop petite, trop confinée. Par sa seule présence, Alex aurait eu le don de ramener l'immensité de Central Park aux dimensions d'un jardin de curé…

— Merci de m'avoir raccompagnée, murmura Daisy en avalant sa salive avec peine.

Dans sa hâte d'échapper à l'atmosphère étouffante de la pièce, elle se faufila vers la porte tête baissée.

Et, par un prodige inexpliqué, elle parvint à contenir le frémissement qui la parcourut lorsque son épaule frôla le torse d'Alex.

Il la suivit dans le salon. Comme la jeune femme demeurait là sans bouger, Alex saisit aussitôt le message : elle attendait qu'il prenne congé.

A contrecœur, il se dirigea donc vers la porte. Il savait pertinemment que c'était la chose à faire, et sa répugnance ne laissa pas de l'étonner.

En réalité, il n'avait jamais pris de plaisir à se conformer aux convenances.

— Ecoute…, dit-il à brûle-pourpoint, s'immobilisant de manière si brutale que Daisy s'en vint buter involontairement contre lui.

Il pivota vivement, l'attrapa aux épaules pour l'aider à recouvrer son équilibre et s'efforça d'ignorer la chaleur qu'ils se communiquèrent l'un à l'autre à travers ce seul contact. Quelle puissance, songea-t-il, dans le lien invisible qui les unissait !

— Et si j'allais nous chercher à dîner ?

— Alex, tu n'es pas obligé de faire ça…

— Je sais. J'en ai envie, voilà tout.

— Je ne sais pas si…

— Tu dois manger, non ?

— Oui.

— Eh bien, moi aussi, vois-tu. Et je déteste dîner seul, conclut-il en resserrant les doigts sur ses épaules.

Daisy secoua la tête en souriant.

— Tu n'es pas censé manger en solitaire. Tu possèdes une grande famille et sans doute une foule d'amis qui doivent se demander à l'heure qu'il est où tu étais passé la semaine dernière.

— Tu es plus mignonne qu'eux tous réunis, répliqua-t-il en lui rendant son sourire. Franchement, je préfère dîner en ta compagnie !

Daisy réfléchit un instant.

Il put presque voir tourner les rouages de son cerveau. Un instant, il fut tout près de l'inciter à cesser de penser et à écouter plutôt son instinct tant il savait, au plus profond de lui, qu'ils éprouvaient les mêmes sensations lorsqu'ils étaient réunis… Est-ce qu'il ne valait pas la peine de les explorer un peu plus avant ?

Qu'avaient-ils à y perdre ?

— Alors, la pressa-t-il, qu'en dis-tu ?

Comme elle faisait mine de secouer la tête, il prit les devants.

— Je vais te faire une offre si alléchante que tu ne pourras pas refuser…

Daisy se mit à rire.

— Tu joues les parrains de la mafia, maintenant ?

— Il n'y a pas de règlement de comptes en vue, je te le promets !

— Vraiment ?

Alex lui dédia son sourire le plus enjôleur.

— Juste les meilleures pâtes que tu aies jamais dégustées...

— Hmm... De quel restaurant ?

Il poussa une exclamation horrifiée et, d'un geste théâtral, se martela le cœur.

— Tu plaisantes ? Crois-tu qu'un Italien sortirait pour aller *acheter* la *pasta* déjà préparée par le premier cuisinier venu ?

— Ce n'est pas le cas ?

— Tsss, tsss... Il te reste beaucoup à apprendre, dis-moi !

— J'en ai l'impression, reconnut humblement la jeune femme.

Le rire d'Alex s'estompa. Il se pencha, déposa un baiser tendre et furtif sur le bout de son nez...

— Et vois-tu, la belle..., par une heureuse coïncidence, il se trouve que je suis exactement le professeur qu'il te faut !

7.

De merveilleux arômes flottaient dans la cuisine.

Assise à la table pour deux installée dans un coin de la pièce exiguë, Daisy suivait d'un œil ahuri le manège d'Alex devant les fourneaux.

Il était revenu de l'épicerie les bras chargés de sacs. Ces sacs contenaient non pas seulement les ingrédients nécessaires au menu qu'il comptait préparer, mais aussi quelques produits de base, afin qu'elle ne manque de rien par la suite. Un geste plein d'attention de sa part, jugea Daisy. Alex Barone était un être prévenant, donc, comme si le reste ne suffisait pas. Un séduisant officier de la marine nationale, riche, sexy *et* tendre…

Doux Jésus !

Décidément, cet homme ressemblait de plus en plus au héros d'un roman d'amour. Loin, très loin de sa catégorie personnelle.

« Quelle importance ? » se remémora Daisy avec sévérité. Elle n'était pas en quête d'un compagnon ! Ni même d'un amant. Pour le moment, elle avait trop de choses à faire — à commencer par construire une vie avec son enfant —, pour qu'une aventure sans lendemain entre dans ses projets… Et en admettant même que cela l'intéresse — ce qui n'était pas le cas —, sa situation présente ne s'y prêtait guère.

Il n'y avait pas si longtemps, elle croyait en l'amour. A ses yeux, il était la réponse à tout. Ainsi, quand Jeff lui avait confié qu'il était amoureux d'elle, Daisy ne s'était pas méfiée, elle avait accordé foi à ses serments. Elle représentait, prétendait-il, son idéal féminin… Il ne la demandait pas en mariage ? Quelle importance, tout compte fait ! Naïve, elle avait voulu voir dans cette retenue une preuve touchante de l'émotion à laquelle Jeff était en proie… Pire, à aucun moment elle n'avait douté que celui-ci partagerait sa joie en apprenant qu'elle attendait un bébé.

La vérité n'avait pas mis longtemps à se faire jour.

Cet affolement dans les yeux de Jeff, lorsque, remplie d'allégresse, elle lui avait révélé la nouvelle… Il ne s'était pas effacé de sa mémoire. Ni ses paroles, qui l'avaient terrassée : « Tu es folle ? avait-il hurlé. Un bébé ? Je ne t'ai jamais donné mon accord, que je sache ! Tu m'as piégé… Mais je ne me laisserai pas faire ! »

Sans tarder davantage, Jeff avait claqué la porte, bondi dans sa voiture flambant neuve et démarré sur les chapeaux de roues dans un crissement de pneus plein de fureur.

Deux heures plus tard, il était mort. Un camion avait brûlé un feu rouge et embouti de plein fouet la jolie décapotable si chère à ses yeux…

Daisy inspira une longue bouffée d'air, reléguant rageusement le souvenir de Jeff dans la zone la plus sombre de son cœur. L'amour qu'elle lui portait s'était évaporé sitôt qu'il avait détalé sous ses yeux, pris de panique, comme s'il avait eu le diable à ses trousses.

Restait Angel, dont Jeff lui avait fait présent malgré lui. Pour cela, il mériterait éternellement sa reconnaissance, envers et contre tout.

La voix gutturale d'Alex la tira soudain de sa rêverie.

— Le secret, disait-il, penché sur la cuisinière, c'est la saucisse douce. Certains préfèrent les plus piquantes, mais pour obtenir la saveur la plus relevée, c'est la saucisse douce italienne qu'il te faut.

— Je tâcherai de m'en souvenir.

Il glissa un coup d'œil dans sa direction. L'émotion qui l'avait saisie au fil de ces souvenirs devait être perceptible.

— Quelque chose ne va pas ? s'enquit-il.

— Non, je réfléchissais…

— Laisse-moi deviner… Ce n'étaient pas des pensées très gaies.

— Pilote *et* devin ? Quel homme ! s'exclama Daisy avec un sourire moqueur.

— Inutile d'être devin pour distinguer les nuages d'orage qui s'amoncellent dans les jolis yeux d'une femme…

Mal à l'aise, Daisy s'agita sur sa chaise. Cela faisait si longtemps qu'elle n'avait pas reçu un compliment, de quelque nature que ce fût, qu'elle ne savait trop quelle attitude adopter.

Mais Alex lui sauva la mise.

— Bien ! s'exclama-t-il en s'emparant de la bouteille de chianti qu'il avait débouchée une vingtaine de minutes plus tôt pour laisser le vin s'aérer. Et si tu me parlais de toi ?

Il se servit un verre et lui en tendit un autre rempli d'eau minérale avant de reprendre son poste devant la casserole où mijotait la sauce. Daisy but une longue gorgée pour se donner le temps de méditer sa réponse.

— Il n'y a pas grand-chose à raconter…

— Dans ce cas, cela ne te prendra pas beaucoup de temps, n'est-ce pas ?

Daisy ne put s'empêcher de sourire.

— D'accord, soupira-t-elle en se renversant contre son dossier, les mains serrées autour du verre. J'ai grandi en Californie.

— Alors, tu es très loin de chez toi, aujourd'hui…

— Non, dit-elle doucement, les yeux fixés sur l'eau claire. Mon foyer est ici, désormais.

En fait, elle n'avait pas eu de foyer du tout avant de débarquer à Boston, quelques années plus tôt.

— Toi, tu viens d'une famille nombreuse, d'après ce que j'ai pu constater…

— Pour ça oui, confirma sobrement Alex.

Puis il attendit la suite en sirotant son chianti à petites gorgées, sans la quitter des yeux.

— Eh bien, pas moi. Mes parents sont morts quand j'avais cinq ans, c'est l'assistance publique qui s'est occupée de moi.

Une lueur de pitié s'alluma dans les yeux de son interlocuteur. C'était invariablement le cas lorsqu'elle évoquait son passé en public. Cette fois, cependant, elle s'irrita de voir naître chez Alex cette « compassion » détestable dont elle ne voulait à aucun prix. Car elle se retrouvait aussitôt dans la position de la petite fille d'autrefois, engoncée dans sa robe de seconde main… Oui, décidément, ce retour en arrière lui était tout à fait pénible.

— Tu as dû en voir de toutes les couleurs, murmura-t-il.

Daisy se crispa.

— Ne sois pas navré pour moi ! se récria-t-elle par automatisme.

Dès l'âge de douze ans, elle avait fermé sa porte à la compassion d'autrui ; elle n'était pas près, aujourd'hui, de retomber dans un schéma aussi dépassé.

— Je ne suis pas navré pour toi, Daisy.

La jeune femme leva les yeux, intriguée.

— Sincèrement, insista-t-il en souriant, une hanche calée contre le comptoir.

— Eh bien, voilà qui serait inédit !

— Mais oui ! Pourquoi serais-je navré ? Tu as un beau petit appartement, un travail qui te plaît et un bébé magnifique…

En entendant cela, une bouffée d'orgueil envahit Daisy.

Elle avait travaillé dur pour se bâtir une vie à elle. Qu'Alex ait daigné le remarquer la comblait d'aise. Mais cet éclair de pitié dans ses yeux, elle ne l'avait tout de même pas imaginé ! Même s'il avait disparu dans la seconde suivante…

— Cela étant, reprit Alex, je serais un beau salaud si je n'étais pas *sensible*, rétrospectivement, au sort de l'enfant que tu étais. Voyons, Daisy, aucun gamin ne devrait grandir sans famille !

Elle avait toujours été de cet avis, elle aussi, mais entendre Alex l'affirmer haut et fort éveilla en elle une pointe de remords. Après tout, Angel allait grandir à son tour sans famille, au sens traditionnel du terme…

Mais à peine cette pensée lui était-elle venue que Daisy la chassa résolument. Le cas d'Angel était différent, non ? Elle serait aimée, d'un amour qui lui était d'ores et déjà acquis. Sa mère serait toujours là pour elle… Et Daisy veillerait à ce que cela suffise à son bonheur.

— C'est du passé, décréta-t-elle.

Il n'était pas question de se laisser entraîner sur ce terrain glissant. Voilà des années qu'elle était sortie de la nuit, et la lumière du jour lui plaisait bien.

— Je sais, acquiesça Alex. Mais par moments, les sensations vécues dans le passé refont surface. Je me trompe ?

Elle se redressa et but une longue gorgée d'eau claire.

— Seulement si je laisse ces sensations revenir, rétorqua la jeune femme. Ce que je m'abstiens soigneusement de faire !

Alex hocha la tête sans conviction.

Depuis un bon moment, il ne quittait pas la jeune femme des yeux. Il avait ainsi perçu l'expression de vulnérabilité qui avait affleuré sur son visage avant qu'elle ne l'efface d'un sourire convenu, fruit d'une longue pratique, sans doute… Son intuition lui souffla que ce passé douloureux n'était pas relégué dans l'oubli aussi loin que Daisy le prétendait. Mais bien sûr, pour l'enfant qu'elle avait été, il ne pouvait rien.

En outre, raisonna Alex, l'épreuve était d'ores et déjà surmontée. La petite orpheline avait brillamment triomphé de l'adversité. Même si l'idée le tentait, il n'avait pas besoin de remonter dans le temps pour lui venir en aide !

Comme pour confirmer ses soupçons, elle s'empressa de clore le chapitre.

— Dès que j'ai décroché mon baccalauréat, enchaîna-t-elle très vite, je suis partie à l'autre bout du pays recommencer ma vie de zéro.

Tout en l'écoutant, Alex remuait la sauce, inhalant avec bonheur le fumet familier qui lui rappelait immanquablement les interminables déjeuners du dimanche avec la famille au complet.

— Boston a dû représenter un grand changement pour toi. Comment as-tu vécu ton premier hiver ici ?

Le visage de Daisy s'éclaira. Elle se mit à rire…

— C'était le choc de ma vie ! Je n'avais même jamais vu tomber la neige avant de venir m'installer ici.

— J'ai toujours aimé la neige, quand j'étais gamin.

Lui revinrent alors à la mémoire les innombrables batailles de boules de neige disputées avec ses frères et sœurs, avec les châteaux forts de glace, les réserves de munitions hautes comme des pyramides, les attaques à revers menées traîtreusement par ses sœurs…

Un sourire irrépressible lui vint aux lèvres. En même temps, se raviva son sentiment de gêne à l'idée que Daisy ne partageait pas ce genre de souvenirs.

— C'est sûr, les enfants ne pensent qu'à s'amuser, dans ces périodes-là… Mais pour les adultes, c'est loin d'être une partie de plaisir. Dégivrer les pare-brise, saupoudrer les trottoirs de sable… Enfin, tu sais déjà tout ça, dit Daisy en souriant. Tu l'as connu tout petit ! Moi, j'ai découvert un monde nouveau…

— Je veux bien le croire.

— Maintenant, j'adore !

Daisy détourna les yeux vers l'étroite fenêtre de la cuisine comme si elle voyait soudain entrer le blizzard.

— C'est si beau, si paisible… Tranquille, en somme. Comme si le monde inspirait un grand coup et retenait son souffle un instant.

Alex la dévisagea. Et songea alors que, si le monde s'arrêtait de tourner, là, maintenant, il pourrait passer l'éternité rien qu'à la regarder. Le jeu de la lumière filtrant par la vitre sur ses traits d'une finesse exquise, cette façon particulière qu'avaient ses mèches d'accrocher les rayons pour mieux s'embraser… Sans compter les lèvres entrouvertes sur un sourire tout à la fois candide et terriblement aguichant…

Daisy Cusak commençait à l'émouvoir sérieusement. Il se découvrit touché au plus profond de lui-même — et il n'était même pas certain de vouloir que cela cesse.

Oui, le plus perturbant, dans l'histoire, était que cette émotion ne le tracassait nullement.

Au contraire.

Les deux semaines suivantes s'écoulèrent sans que Daisy voie le temps passer. Son congé de maternité touchait à sa fin. Elle avait du mal à le croire, et la faute en incombait à Alex.

Celui-ci passait pratiquement chaque journée avec elle auprès d'Angel. Quand elle le savait en route pour l'appartement, Daisy se surprenait à surveiller la rue, guettant son approche telle une adolescente pressée de voir apparaître le cavalier qui l'accompagnerait au bal de fin d'année…

C'était une sottise de sa part, elle en avait conscience. Nuit après nuit, incapable de trouver le sommeil, elle se répétait qu'il fallait mettre un terme à cette histoire avant que tout n'échappe à son contrôle…

Pourtant, tous les matins, elle se jetait sur le téléphone dès la première sonnerie, croisant les doigts pour que ce soit « lui ». Folie que cela !

La compagnie d'Alex lui procurait une joie immense… Tellement immense que, toujours, une petite voix, dans le silence de sa conscience, lui opposait la logique, et lui rappelait avec obstination que cela n'était *pas* la réalité. Tôt ou tard, Alex reprendrait la mer sur un porte-avion. En sa qualité de pilote, il se rendrait là où l'affecterait son ordre de mission, et « Daisy Cusak » ne serait bientôt plus pour lui qu'un nom et un souvenir agréable voués à s'estomper rapidement.

Et même si Alex ne travaillait pas pour la marine nationale, même s'il était amené à vivre ici, à Boston, cette situation ne serait pas davantage amenée à durer, songea-t-elle pour éliminer tout espoir. Elle n'était personne ; Alex Barone, un jour ou l'autre, finirait par s'en rendre compte. Alors qu'il était issu d'une famille influente et richissime, elle venait de… D'où, au juste ? Elle ignorait tout de ses propres origines !

Alors, Daisy se félicita soudain qu'Angel soit si petite. Ainsi, elle ne garderait pas de souvenirs réellement marquants de l'homme qui avait illuminé leur univers durant quelques brèves semaines. Elle ne le regretterait pas, ne se demanderait pas où il habitait, s'il était en sécurité ou s'il pensait à elle…

Tandis que son horloge interne trottait vers l'adieu à venir et s'affolait, Daisy s'enjoignit de cesser de spéculer sur le futur, et de se détendre. Autant profiter d'Alex pendant qu'il était encore là, non ? Tout compte fait, ce n'était pas déplaisant d'être l'objet de toutes les attentions d'un Adonis charmant et généreux.

— Qu'en dis-tu, Daisy ?

Au ton de la voix d'Alex, elle comprit que ce n'était pas la première fois qu'il lui posait la question.

— Hmm ?

— Cette photo, dit-il en souriant avec patience. Qu'en dis-tu ?

Comme elle demeurait sans réaction, il indiqua d'un signe de tête la vitrine devant laquelle ils s'étaient arrêtés.

A en juger l'enseigne lumineuse qui clignotait au-dessus de la porte ouverte, il s'agissait de la boutique d'un photographe spécialisé dans les portraits d'enfants. Daisy en eut la confirmation lorsque son regard tomba sur le cliché, exposé au beau milieu de la devanture, d'un bébé édenté qui riait aux éclats, vêtu d'une peau de tigre.

Elle secoua la tête, souriant malgré elle.

— Angel est trop petite pour poser. Je vois d'ici la séance… Elle dormirait tout du long !

Alex baissa les yeux sur l'enfant endormi, douillettement lové dans sa poussette. Lorsqu'il releva la tête, Daisy éprouva ce pincement familier au fond de son ventre qui l'avait toujours prise au contact d'Alex et faisait désormais chez elle l'objet d'une dangereuse accoutumance.

— C'est vrai, concéda-t-il volontiers, mais cela n'a pas d'importance. Tu la tiendras dans tes bras.

— Moi ?

Le regard stupéfait de Daisy fila vers la vitrine avant de revenir se poser sur son compagnon.

— Voyons, Alex… Ce n'est pas sérieux ! D'abord, je n'ai pas une tenue assez chic pour me faire photographier, et puis…

Alex l'interrompit tout net.

— *D'abord*, rectifia-t-il d'un ton péremptoire, tu es parfaite. Ensuite, pourquoi refuser un beau portrait avec ta fille ? Cela te fera un souvenir que tu pourras lui montrer un jour, quand elle sera adolescente… Histoire de lui rappeler qu'elle n'a pas toujours été grande.

Daisy haussa un sourcil.

— Je présume que c'est ce qu'a fait ta mère ?

— Oh, oui…

Campé sur ses pieds, Alex croisa les bras. C'était sa manière de se préparer à l'affrontement, une attitude qu'il prenait inconsciemment quand il cherchait à imposer son point de vue.

— Maman gardait en réserve un lot de photographies compromettantes sur chacun de nous. Au moindre faux pas, elle menaçait d'exhiber devant les copains un cliché de l'époque où l'on barbotait dans la baignoire…

— Non !

— Maintenant que j'y pense, précisa Alex d'un ton rêveur, elle n'a jamais mis ses menaces à exécution, du moins en ce qui me concerne. Le chantage suffisait à nous faire obéir, tant nous avions peur de nous couvrir de honte en public. Toutefois, mon frère Reese jure que maman a montré à son ancienne petite amie une photographie datant d'une fête de Noël à l'école maternelle, sur laquelle il était déguisé en agneau. Quant à Gina, elle est allée jusqu'à brûler toutes ses photos de bébé pour éviter un tel coup fourré. Maman ne s'en est pas remise !

Daisy pouffa de rire — mais une inquiétude sourde l'avait gagnée. En écoutant Alex, elle mesurait combien comptaient pour un enfant les souvenirs de sa mère… Elle, qui n'en avait aucun, ignorait encore tant de choses sur ce métier de maman ! Comment l'aurait-elle appris ? Elle n'avait pas eu de modèle à observer, puis à imiter…

Et si elle se trompait du tout au tout ? Peut-être allait-elle se fourvoyer dans l'éducation qu'elle donnerait à sa malheureuse petite Angel, et lui laisser de profondes cicatrices sa vie durant…

— Cette histoire était censée te faire sourire, fit observer Alex.

— Bien sûr. C'est seulement que…

Daisy se tut. Au moment d'exprimer ses doutes à haute voix, les mots lui manquaient.

Elle fit le tour de la poussette, s'accroupit et lissa la petite couverture qui protégeait le bébé. La fragilité de ce petit être sautait aux yeux…

— Imagine que je rate mon coup, dit-elle soudain à son propre étonnement. Imagine que je ne sois pas une bonne mère !

— C'est impossible, Daisy.

Elle releva la tête et dévisagea Alex.

— Pour quelqu'un qui me connaît depuis quelques semaines à peine, je te trouve bien sûr de toi ! Comment peux-tu affirmer cela ?

Alex s'accroupit à son tour et la regarda bien en face, l'air si grave qu'elle en frémit.

— Précisément parce que je te connais depuis quelques semaines, répondit-il le plus sérieusement du monde en lui pressant gentiment la main.

Pour Daisy, la sensation fut aussi bienfaisante que si Alex avait exercé la même pression sur son cœur. Dans l'obscurité insondable des yeux rivés aux siens, elle puisa chaleur et réconfort.

— Cela se produit quelquefois, ajouta-t-il. Tu rencontres quelqu'un et, en un rien de temps, tu connais cette personne bien mieux que certaines autres qui te sont pourtant proches depuis des années.

Il retira sa main et lui sourit.

— Moi, je vous connais, Daisy Cusak. Et vous *êtes* une bonne mère !

— Tout de même, ce jugement me paraît un peu prématuré…

Alex secoua la tête avec lenteur.

— Cela se voit chaque fois que tu touches ta fille… De plus, les prétendues mauvaises mères ne s'inquiètent pas de savoir si elles sont douées ou non.

92

Daisy ne demandait pas mieux que de le croire. Elle rêvait d'être à jamais tout ce dont sa fille aurait besoin. Evidemment, c'était impossible… Même la meilleure des mères n'était pas en mesure de tout faire pour son enfant.

Et notamment de remplacer un père.

Soudain, à l'idée qu'un jour, Angel pourrait se sentir frustrée de n'avoir pas de père, la jeune femme se sentit sérieusement ébranlée. Puis la pensée des années à venir, et de toutes ces décisions qu'elle allait devoir prendre seule fit courir un frisson glacé le long de sa colonne vertébrale et acheva de lui saper le moral.

Dans sa poussette, Angel remua sous sa couverture vert pâle et agita ses petits poings dans le vide, titillant aussitôt le cœur de sa mère. Un élan d'amour transporta Daisy. Quels que soient les désirs de la fillette, elle trouverait bien le moyen de les satisfaire… « Je commettrai peut-être des erreurs, lui confia-t-elle en secret, mais du moins, j'aurai fait mon possible ! »

— Alors ? la relança Alex en gratifiant sa compagne d'un clin d'œil qui lui recroquevilla d'emblée les orteils et alluma des flammèches dans ses veines. Prête à entrer de plain-pied dans la maternité, et à attaquer la constitution de ce dossier « spécial chantage » ?

— Oui, répondit Daisy sur une impulsion. Oui, je crois que je suis prête !

Elle tenait soudain à immortaliser cette journée avec Alex, ce moment fou, hors du temps, où leur trio lui avait donné l'extraordinaire sensation de former, enfin, une famille.

8.

— Je ne vois pas où est le problème ! s'exclama Joan.

L'amie de Daisy sourit tendrement au bébé qu'elle berçait dans ses bras. Tout en bavardant, elle esquissait mille grimaces facétieuses pour faire sourire Angel.

— C'est vrai, à la fin ! reprit-elle. Nous aimerions toutes subir une épreuve aussi pénible. Quand on y songe… Un jeune officier riche et sexy veut passer du temps avec toi ! A ta place, je me jetterais sous les roues d'un camion pour mettre un terme à mes souffrances !

— Très drôle, Joan.

Daisy était occupée à plier le linge propre de sa fille. A côté d'elle, sur le canapé, une pile commençait à prendre forme. En route pour Chez Antonio, où elle devait assurer la tranche horaire du déjeuner, Joan lui avait rendu une petite visite. Elle semblait ravie de faire connaissance avec Angel, mais depuis son arrivée, elle n'avait cessé de pérorer à propos d'Alex.

Le regard de la jeune femme s'évada un instant. En cette fin de matinée, une lumière chaude se déversait dans l'appartement par l'unique fenêtre donnant sur l'arrière de l'immeuble. Le panorama n'avait rien d'attrayant de ce côté-là, mais la jardinière débordant de capucines d'un jaune orangé résolument joyeux, que Daisy avait accrochée à l'appui de la fenêtre, donnait l'illusion que l'appartement se prolongeait d'un jardin fleuri…

Un sentiment de chaleur et de satisfaction l'envahit, comme souvent depuis qu'elle avait réintégré ce nid aménagé de ses propres mains. Mais les paroles de Joan eurent tôt fait de déchirer ce voile de bien-être vaporeux.

— Allons, Angel ! chuchota son amie en faisant les gros yeux au bébé. Dis-lui, toi ! Recommande donc à maman de se détendre et de profiter de la vie…

— C'est facile à dire pour toi ! répliqua Daisy.

Une semaine ou presque avait passé depuis ce fameux après-midi où, dans le centre commercial, elle avait posé avec Angel devant l'objectif du photographe pour leur premier portrait en duo. Ces derniers jours, Alex était omniprésent. Il avait pris l'habitude de surgir les bras chargés d'un carton à pizza. Ou de cassettes vidéo. Quand ce n'était pas d'un déjeuner chinois… Daisy secoua la tête. Bien malin qui pourrait augurer de l'idée qui lui viendrait ensuite !

C'était bien là le problème — elle aimait savoir où elle allait, voir suffisamment loin devant elle pour s'éviter les surprises… N'était-ce pas l'unique façon de bâtir des projets solides ? Or, avec Alex, les virages abondaient, tant et si bien que la route tenait de l'improvisation constante.

A l'autre bout du canapé, Joan ramena les jambes sous elle avec précaution avant de changer Angel de position dans ses bras.

— Vois-tu, reprit-elle avec une obstination louable, je ne comprends pas. Pourquoi cela te tracasse-t-il autant ? Ce type est donc si désagréable ?…

Joan se rembrunit soudain et plissa les yeux d'un air soupçonneux.

— Hé ! Ne me dis pas que… Tu veux qu'il te laisse tranquille, mais il s'accroche, c'est ça ? C'est du harcèlement sexuel, alors ! Si tu veux, dès que j'arrive au restaurant, je peux en parler à…

— Non !

C'était tout juste si Daisy n'avait pas crié. Son bébé sursauta dans les bras de Joan. Un peu honteuse, la jeune maman baissa la voix d'un ton.

— Il ne s'agit évidemment pas de ça, Joan… Et pour l'amour du ciel, je n'ai pas besoin des services de Big Mike !

Daisy sourit malgré elle à la vision des cent vingt kilos de muscles de l'ancien lutteur devenu serveur Chez Antonio. En dépit de ses airs de gros dur, « Big Mike » était la gentillesse même. Il se comportait vis-à-vis des serveuses comme une mère poule avec ses poussins…

Exhalant un soupir, elle se renversa contre le dossier et se mit à triturer le minuscule T-shirt rose qu'elle tenait entre ses doigts.

— Alex n'est pas désagréable, Joan. C'est même tout le contraire : le problème est qu'il est *très* agréable.

— Alors, au risque de me répéter, ma puce : détends-toi et profite !

— Je ne peux pas !

— Mais pourquoi, bon sang ?

Son amie n'avait décidément pas le sens des nuances. Pour elle, en somme, tout était blanc ou noir. A sa décharge, Joan n'avait pas à se préoccuper d'élever un bébé toute seule.

Néanmoins, l'argument lui parut inconsistant. A la vérité, ce n'était pas Angel qui l'empêchait de savourer pleinement les attentions d'Alex : c'était elle-même qui se l'interdisait. Et ce, sous le prétexte qu'une fois déjà, elle avait fait confiance à un homme, et que cet homme l'avait abandonnée dès qu'il avait appris sa grossesse.

Alex était quelqu'un de bien, il n'avait rien de commun avec Jeff, Daisy en était certaine. Seulement, à l'époque, Jeff aussi lui avait semblé fiable. Elle ne l'aurait jamais cru capable d'une telle lâcheté. Alors…

— Je sais ce que tu penses, décréta Joan.

Daisy poussa un nouveau soupir.

— On dirait que tout le monde prend plaisir à jouer les devins, ces temps-ci !

— Pardon ?

— Rien, souffla-t-elle. Continue. Qu'est-ce que je pense ?

— Tu es en train de comparer Alex Barone à ce…, cet incapable, ce menteur, ce bon à rien, paresseux et mollasson de Jeff ! s'indigna Joan, les deux mains plaquées sur les oreilles d'Angel.

— C'est faux !

Son amie ne dit rien, se bornant à la regarder par en-dessous.

— Bon, d'accord, peut-être que j'y pense un peu… C'est un reproche ?

Joan se redressa et la fixa cette fois droit dans les yeux.

— Ma puce, apprends que tous les hommes ne ressemblent pas à ce salaud ! Est-ce que tu comptes entrer au couvent à cause d'un seul pauvre type que, par malchance, tu as croisé sur ta route ?

— A ma connaissance, les couvents n'acceptent pas les mères célibataires.

— Eh bien, tant pis pour eux !

Daisy se surprit à sourire malgré le tour singulier que prenait la conversation.

Au fil des mois, Joan s'était révélée une amie sûre, sur qui elle pouvait s'appuyer en toutes circonstances. Elle avait pris l'exacte mesure de l'épreuve qu'avait traversée Daisy après la disparition de Jeff… Seulement, elle était issue d'une famille unie. Entre ses parents, deux frères qui la charriaient sans merci, et une poignée de neveux et de nièces, Joan ne pouvait se figurer ce que c'était que de se retrouver totalement seule dans l'existence. En d'autres termes, de n'avoir personne pour vous soutenir quand les jambes se dérobent et ne vous portent plus, parce que les coups sont trop durs.

Daisy, elle, ne pouvait tout simplement se permettre de courir de nouveau ce risque. Car cette fois, Angel en subirait elle aussi les conséquences.

Jetant un coup d'œil à sa montre, Joan étouffa une exclamation et installa Angel à contrecœur sur l'un des grands coussins du sofa.

— Il faut que j'y aille, dit-elle. Je vais être en retard.

— Dis bonjour de ma part à toute la troupe…

— Je n'y manquerai pas !

La jeune femme attrapa son sac à main et prit le temps de lisser les plis de la petite jupe noire qui leur servait d'uniforme Chez Antonio.

— Tu sais que je suis de ton côté, quoi qu'il arrive, n'est-ce pas ? demanda-t-elle à Daisy.

— Bien sûr !

— Parfait. Je vérifiais, c'est tout.

Enjoignant d'un geste à son amie de rester assise, Joan se dirigea vers la porte. Sur le seuil, elle se retourna, la main sur la poignée.

— Tu sais, ma puce, lança-t-elle avec un sourire espiègle, si tu décides que tu ne veux vraiment plus entendre parler d'Alex…, donne-lui donc mes coordonnées !

— Je n'y manquerai pas, répliqua Daisy d'un ton désabusé.

Mais après le départ de son amie, elle s'aperçut que la pensée d'Alex Barone sortant avec une autre femme lui tournait l'estomac.

Cela lui prouva, si besoin en était, que ses ennuis n'étaient pas terminés. Loin de là…

*
**

Quittant l'hôtel particulier de Beacon Hill où vivaient ses parents, Alex s'engagea d'un bon pas sur le trottoir.

Bientôt midi. Le soleil à son zénith déversait sur la ville un léger avant-goût de la canicule estivale qui s'installerait sous peu. D'ici quelque temps, un manteau d'humidité poisseuse recouvrirait les rues, mais pour le moment, la brise venue de l'océan tout proche n'apportait que la promesse d'une nouvelle journée à passer en compagnie de Daisy et de la petite Angel.

Derrière lui, il entendit s'ouvrir puis claquer la porte d'entrée de la résidence. Il s'immobilisa aussitôt sans même se retourner. Au cliquetis des talons sur le bitume, il avait déjà reconnu l'identité de son poursuivant.

— Qu'y a-t-il, Rita ? Je suis pressé.

— Oui, répliqua sa sœur, j'avais remarqué.

Clignant des yeux dans la lumière, Alex émit un grognement d'impatience. Il avait écourté sa visite chez ses parents pour une excellente raison...

Cette raison l'attendait en ce moment même dans un minuscule appartement de l'autre côté de la ville.

— Qu'est-ce que tu insinues par là ?

Rita ignora son agacement comme seule une sœur pouvait se le permettre.

— C'est à peine si tu as vu la famille depuis ton retour à Boston, Alex ! Tu passes tout ton temps avec Daisy. Je me trompe ?

— Chaud devant !

Un adolescent en skate-board fonçait sur eux. Alex saisit sa sœur par le bras et l'entraîna à l'écart, vers le véhicule tout-terrain qu'il avait loué quelques jours plus tôt.

— Ce ne sont pas tes affaires, Rita.

— La famille, c'est la famille...

— Et mes rendez-vous ne regardent que moi, rétorqua Alex en s'adossant à la portière.

— Je le sais.

Un coup de vent lui envoya sur les yeux des mèches qu'elle balaya aussitôt pour dévisager à son tour son interlocuteur.

— Ne va pas te méprendre, Alex. J'aime beaucoup Daisy…

— Alors, où est le problème ?

Haussant les épaules, sa sœur enfonça les mains dans les poches de son jean.

— Daisy est un amour, je le sais. Mais elle est aussi une jeune maman célibataire, qui doit avoir beaucoup de travail en ce moment…

— Et ?

— Et toi, sauf erreur, tu dois bientôt quitter la ville.

— Pas avant trois semaines…

— Oh ! Dans ce cas, ça change tout !

L'ironie de la remarque ne lui échappa pas. Tant bien que mal, Alex contint l'exaspération qui le gagnait. Il connaissait suffisamment sa tribu pour savoir qu'il n'en aurait pas terminé avec Rita tant qu'elle n'aurait pas exprimé tout ce qu'elle avait sur le cœur.

— Finissons-en, Rita… Où veux-tu en venir ?

— Soit. Tu veux mon avis ? Daisy n'a pas besoin que tu joues le prince charmant à la veille de monter sur ton jet pour filer vers le firmament dans le soleil couchant !

— Qu'est-ce que je suis censé faire, d'après toi ? lui renvoya sèchement Alex. Ne plus la voir ? Garder mes distances ?

Rita releva vivement la tête, surprise sans doute par cette véhémence plutôt inhabituelle chez lui. Dans son regard, Alex crut discerner un mélange de compréhension et de sympathie — sentiments dont il n'avait que faire pour le moment.

— Si tu dois la laisser tomber dans trois semaines, murmura-t-elle, alors, oui, c'est précisément ce que je te conseillerais.

100

— Et si je ne compte pas la « laisser tomber », comme tu dis ?

Les mots étaient sortis avant qu'Alex ait pu les censurer.

Ces jours derniers, il avait longuement réfléchi. En particulier, il n'avait cessé de penser à sa séparation prochaine et inévitable avec Daisy. Diable ! Quelques semaines plus tôt, il ignorait jusqu'à l'existence de cette jeune femme, et désormais il ne se passait pas un jour sans qu'il se réveille tourmenté par le désir d'aller la retrouver pour être avec elle, auprès d'elle... L'envie de la toucher ne le quittait pas. L'envie, surtout, de l'embrasser, de la bercer dans ses bras toute la nuit... Il rêvait de se faire une place dans son petit appartement aux allures de forêt vierge, tant l'atmosphère douillette et chaleureuse que Daisy parvenait à créer autour d'elle l'aimantait. C'était une véritable invitation au voyage...

L'idée de devoir la quitter dans trois semaines lui faisait presque regretter, pour la première fois de sa vie, de s'être engagé dans l'armée.

Rita le dévisageait en souriant.

— Ce serait donc arrivé ? s'exclama-t-elle.

Alex fronça les sourcils.

— De quoi parles-tu ?

Pour toute réponse, sa sœur se hissa sur la pointe des pieds pour claquer un baiser sur sa joue.

— De rien, grand frère. Oublie ce que j'ai dit !

Sur ce, Rita tourna les talons, laissant Alex planté au beau milieu du trottoir, à se demander pourquoi les femmes se croyaient obligées de se comporter d'une manière aussi bigrement déroutante.

*
* *

— Je vous l'ai dit, c'est une erreur !

Daisy conserva une main sur le chambranle et l'autre sur le battant, prête à claquer la porte, voire à pousser le verrou en cas d'urgence. Un brin de prudence ne pouvait nuire, surtout face à un livreur buté qui arborait une carrure de footballeur professionnel.

— Voyons, bougonna celui-ci en agitant son carnet sous les yeux de Daisy telle une baguette magique qui aurait le pouvoir de la faire changer d'avis. Ici, il est écrit « Destinataire : Daisy Cusak »… Vous vous prénommez bien Daisy ?

— Oui, mais…

— Nom de famille : Cusak ?

— Oui, concéda Daisy avec un soupir excédé.

— Dans ce cas, je ne vois pas où est le problème.

Du fond de ce visage raviné, un regard d'acier était braqué sur elle. Clairement, cet individu attendait qu'elle s'écarte de son passage et le laisse pénétrer chez elle avec les énormes cartons qu'elle apercevait derrière lui, empilés dans le couloir exigu.

Seulement, il était hors de question qu'elle cède.

— Le problème, c'est que je n'ai rien commandé du tout et que je…

— C'est moi qui ai passé la commande, claironna quelqu'un du fond du couloir.

Daisy demeura interdite. C'était une voix familière, celle-là même qui avait le pouvoir très particulier de caresser sa peau comme un gant de soie.

— Alex ?

Pas disposée à lâcher sa porte pour autant, elle se redressa pour tenter d'apercevoir sa silhouette par-delà les cartons et les épaules du livreur qui lui bouchaient la vue.

— Je suis là, Daisy.

Il ne lui fallut qu'une seconde pour se frayer un chemin entre la pile de cartons et le livreur qui se renfrognait à vue d'œil.

— Aurais-tu l'obligeance de m'expliquer ce qui se passe ? s'enquit Daisy tandis qu'Alex pénétrait sans mot dire dans l'appartement.

Il lui prit le bras et l'écarta d'autorité du passage tout en maintenant la porte grande ouverte.

— Un instant, lui dit-il avant de se tourner vers le livreur. Vous pouvez déposer les cartons dans le salon. Pour la suite, je m'en chargerai moi-même.

— Ce n'est pas trop tôt, marmonna l'interpellé.

Au passage, ce dernier jeta à Daisy un regard éloquent. Enfin, un *homme* était arrivé pour prendre la situation en main avec efficacité. Sans plus tarder, il empila deux grands cartons, plus quelques autres de dimensions plus modestes, au beau milieu du petit salon déjà passablement encombré.

— Alex ! s'écria Daisy encore sous le coup de la stupeur. De quoi s'agit-il au juste ?

Alex ne répondit pas.

Il fouilla ses poches, sortit son portefeuille dans lequel il préleva deux billets qu'il tendit au livreur en le remerciant, puis referma la porte derrière lui. Lorsqu'ils se retrouvèrent enfin seuls tous les deux, Alex promena autour de lui un regard satisfait.

— Où est la cacahuète ? s'enquit-il en souriant.

— Elle dort.

— Parfait !

Il paraissait vraiment très content de lui. Son sourire fila à travers la pièce pour venir directement embraser le ventre de Daisy. Mais la jeune femme était trop interloquée pour se laisser envahir par ces émotions hors de propos.

— Alex, qu'est-ce que tu fabriques ? insista-t-elle comme il ne lui donnait aucune explication.

— C'est une surprise.

— Ça, je veux bien le croire !

Daisy baissa les yeux sur les cartons.

— Qu'y a-t-il là-dedans ?

Alex haussa les épaules.

— J'ai fait quelques courses, déclara-t-il avec une désinvolture agaçante, qui confinait à la provocation.

Sans se donner la peine de lui offrir de plus amples précisions, Alex, à genoux, tira de sa poche un canif et entreprit de découper l'adhésif qui entourait le plus gros des cartons.

Daisy se posta prudemment sur le côté, de manière à garder un œil à la fois sur Alex et sur la boîte.

— Qu'est-ce que c'est ?

— Tu vas voir… Patience !

Il acheva d'ouvrir une brèche et souleva le couvercle.

— Et voilà ! s'écria-t-il d'un air triomphant.

— Un *berceau* ? s'exclama Daisy, les sourcils froncés. Mais… Angel en a déjà un !

Alex était déjà occupé à extraire des multiples couches de papier d'emballage une tête de lit de chêne clair, parée de volutes délicates.

— Je sais, répliqua-t-il, mais ceci est la Rolls du mobilier d'enfant.

Daisy n'en douta pas une seconde. L'objet était d'une finesse exquise, et plus ravissant encore par contraste avec le berceau d'occasion qu'elle avait méticuleusement repeint de ses propres mains…

En clair, Alex trouvait donc qu'Angel méritait mieux que ce que sa mère pouvait lui offrir.

Cette découverte réduisit Daisy au silence. Ce fut pour elle un choc plus déchirant qu'elle n'aurait voulu l'admettre. Longtemps, elle avait pris soin de sa personne sans l'aide de quiconque. Elle n'avait nul besoin d'un preux chevalier volant à son secours, fût-il séduisant et fortuné. *Surtout* fortuné.

Tout en regardant Alex extraire du papier de soie une pièce de bois après l'autre, Daisy sentit son sang-froid qui lui échappait. La présence imposante de ce berceau flambant neuf transformait peu à peu, de manière insidieuse, l'appartement tout entier. De familier et douillet, l'ameublement devenait presque piteux. Il perdait pour ainsi dire ses couleurs…

Elle avait toujours été fière du foyer qu'elle s'était confectionné. Et voilà que, aujourd'hui, elle le voyait comme Alex devait le voir.

Misérable.

Et cela ne lui plaisait pas du tout.

— Remporte-le.

— Quoi ?

— Je suis sérieuse, Alex. Remporte ce berceau !

Daisy fit un pas en arrière, s'éloignant et d'Alex et de la pile de cartons.

— Je te l'ai dit, Angel possède déjà un lit. Nous n'avons pas besoin de ça.

— Je sais bien que tu n'as pas *besoin* de ce berceau, protesta Alex, manifestement perplexe. Je voulais te l'offrir, c'est tout.

— Pourquoi ?

— Pardon ?

— Pourquoi ? répéta Daisy un ton plus haut. C'est une question toute simple, me semble-t-il !

Alex reposa le montant qu'il tenait à la main et se leva pour lui faire face.

— Eh bien… Je voulais te l'offrir parce que je l'ai vu en vitrine et que j'ai cru, à tort de toute évidence, que cela te ferait plaisir…

— Alors, à tes yeux, ce que je peux donner à ma fille ne lui suffit pas ?

— Non ! Cela n'a rien à voir, enfin !

« Nom de nom ! » pesta Alex en son for intérieur. La colère le gagnait pour de bon, cette fois. Depuis quand était-ce un délit, de faire un cadeau ? Pour la première fois de sa vie, lui qui se contentait jusque-là de vivre sur son salaire de pilote de la marine nationale, il avait puisé dans l'héritage dont il était entré en possession à l'âge de vingt et un ans. Pour Daisy, et pour Angel, il avait dérogé à la sacro-sainte règle qu'il s'était lui-même imposée… ! Cette initiative ne lui avait apparemment pas porté bonheur.

Daisy le toisait, les larmes aux yeux.

— Ce n'est pas parce que tu es un Barone que je passe du temps avec toi, tu sais !

— Oui, je le sais.

Alex leva les deux mains en signe d'apaisement, puis les laissa mollement retomber sur ses cuisses. Pourquoi faire tant d'histoires ? Il n'y comprenait plus rien.

— Quant à ta fortune, je m'en fiche !

— C'est ma famille qui est fortunée. Moi, je ne suis qu'un pilote…

— Peu importe ! L'argent ne m'intéresse pas.

— Daisy, je n'ai jamais cru le contraire…

— Alors pourquoi n'avoir pas pris la peine de me demander mon avis, pour ce berceau ?

Ravalant sa propre rage à grand-peine, Alex traversa le salon en trois enjambées pour rejoindre Daisy.

Pour l'amour du ciel, il n'avait voulu rien d'autre que l'aider, amener un sourire sur ses lèvres… Faire un geste gentil pour une femme qui, de toute évidence, n'en recevait pas tous les jours… Mais il eut soudain le sentiment très net que, révélées en ces termes, ses intentions seraient fort mal reçues.

— J'étais en ville, reprit-il d'une voix grave, en train de faire une course pour ma mère. Et puis, j'ai aperçu ce berceau dans la vitrine d'un magasin…

Elle le regardait fixement, sans rien dire. Alex déglutit.

— Comme un idiot, je me suis dit qu'il te plairait. J'ai pensé que ce serait pour toi… une agréable surprise.

S'enhardissant, il posa les mains sur les épaules de la jeune femme, et tenta bravement d'ignorer l'éclair de chaleur qui lui traversa le corps.

— Ecoute… Ça va te paraître étrange, mais… J'aime Angel comme si c'était ma fille. Je voulais lui faire plaisir avant de… repartir. D'accord ?

Ce n'était pas tout, bien sûr. Loin de là. Son intention profonde avait été d'allumer un feu de joie dans les yeux de Daisy, afin de s'enorgueillir ensuite d'être la source de ce bonheur.

Il relâcha brusquement la jeune femme, se fustigeant tout bas d'avoir fait preuve d'une indélicatesse aussi confondante.

— Rien ne t'obligeait à dépenser ton argent pour nous, murmura Daisy.

Alex se détourna et se mit en devoir de remballer le berceau.

— Effectivement. Personne ne pointait un revolver sur ma tempe pour me forcer la main, rétorqua-t-il moins patiemment.

— C'est juste que… Je ne sais pas quoi faire…

La douceur de la voix le prit au dépourvu. Il regarda Daisy par-dessus son épaule.

— Personne ne m'a jamais…, bredouilla la jeune femme. Enfin, je veux dire…

— Ma foi, tu pourrais dire « merci », suggéra Alex avec un sourire hésitant.

— Oui, je pourrais.

Elle fit un pas en avant.

Alex s'immobilisa tout à fait, tant il craignait de rompre le fil invisible, et si ténu, qui l'unissait à la jeune femme en cet instant. Lorsqu'elle ne fut plus qu'à un souffle de lui, elle se hissa sur la pointe des pieds et lui brossa la joue d'un baiser furtif, léger comme une plume.

— Merci, chuchota-t-elle.

Alex serra les dents, les poings crispés pour s'empêcher de l'enlacer. Il ne désirait rien tant que l'enchaîner à lui, la serrer dans ses bras à l'étouffer pour la couvrir de baisers… Mais ce moment magique, dans sa fragilité même, ne s'y prêtait décidément pas. Et puis, Daisy lui avait-elle donné le moindre indice laissant à penser qu'il représentait pour elle davantage qu'un ami ?

Il n'était pas près de mettre une seconde fois son cœur entre les mains d'une femme qui ne serait pas disposée à l'accueillir. La leçon, apprise à ses dépens, restait gravée dans sa mémoire. Aussi Alex maîtrisa-t-il tant bien que mal l'appétit sauvage qui grondait dans ses veines.

— De rien, articula-t-il d'une voix blanche.

Ils étaient si près l'un de l'autre qu'il aurait pu s'amuser à compter les battements du cœur qui palpitait, là, sous ses yeux, à la naissance de la gorge. Oh ! Comme il désirait cette femme… Tandis qu'il passait ses journées à lui offrir son amitié, nuit après nuit son imagination le prenait en traître et ne lui présentait que des chimères torrides dans lesquelles ils étaient amants.

Comment se satisfaire de si peu ? Ni ces jours ni ces nuits-là ne trouvaient grâce aux yeux d'Alex. Il en attendait tellement plus, pour l'un et l'autre !

L'obstacle, cependant, semblait infranchissable. Puisque Daisy rejetait ses cadeaux, pour quelle raison voudrait-elle un jour de lui ?

9.

Allongée sur son lit, le regard perdu dans l'obscurité, Daisy s'évertuait à tromper la souffrance qui la rongeait.

Il lui paraissait tellement absurde d'être tourmentée à ce point par le désir alors que cet homme, à bien y réfléchir, n'avait strictement rien fait pour l'attiser ! Mais, à son corps défendant, un rien suffisait à la faire frémir et trembler par anticipation. La proximité d'Alex, sa voix grave et profonde…

Impossible, même, de se rappeler un temps où il n'aurait pas fait partie de sa vie. Il s'y était aménagé une place comme par inadvertance, avec tant de soin et si peu de bruit que Daisy n'avait rien vu venir. Le moyen de se défendre contre une offensive aussi discrète ? Elle en eût été incapable, quand bien même l'eût-elle souhaité…

Inutile de se voiler la face : c'était avec une facilité déconcertante qu'elle s'était accoutumée, jour après jour, à la présence d'Alex entre ces murs. Quelle erreur impardonnable elle avait commise là ! Elle planait à mille lieues de la réalité, dans une folie douce… et ne pouvait se résoudre à cesser de s'en régaler.

Dire que, par une étrangeté inexplicable, elle s'était crue heureuse avant cette soirée où sa vie avait basculé avec l'irruption d'Alex Barone Chez Antonio ! A l'époque, entre son travail au restaurant, son appartement à aménager, les projets à construire

109

pour le bébé qui s'annonçait, prise dans une forme de routine lénifiante, elle se félicitait de sa bonne fortune… Désormais, il n'était plus question de s'en contenter. Voilà qu'elle se mettait à espérer davantage — même en sachant pertinemment que son rêve n'avait qu'une chance infime d'aboutir.

Rejetant drap et couverture, Daisy se redressa sur le lit. Le sommeil ne viendrait pas de sitôt, autant s'occuper les mains et l'esprit — surtout, cet esprit qui s'acharnait à lui présenter l'image du regard d'Alex.

De sa bouche.

De ses bras tendus…

— Et zut !

Sans plus hésiter Daisy se leva, enfila le couloir et pénétra dans la chambre d'Angel. A la lueur de la veilleuse qui projetait sur les murs des féeries bleutées, elle s'approcha du magnifique berceau de chêne clair…

Sa fille dormait paisiblement. Daisy lui envia ce sommeil du juste peuplé de rêves lisses… Sa main caressa distraitement le vernis lustré du rail de bois. Elle revit aussitôt les doigts habiles d'Alex qui s'affairaient pour assembler les différentes parties du lit. Dans quels fous rires les avaient entraînés l'un et l'autre les obscures instructions de montage… ! Et cette fierté, sur le visage rayonnant d'Alex, au moment d'installer son présent dans la chambre de la petite !

— Je file un mauvais coton, murmura-t-elle, découragée.

Elle tourna résolument les talons et battit en retraite, prenant soin de laisser la porte entrouverte de manière à percevoir le plus petit cri d'Angel. Dans le salon, elle alluma le plafonnier puis, comme un automate, elle traversa lentement cet espace familier dont elle connaissait le moindre recoin, tapotant ici les coussins, ramassant là des journaux qui traînaient. Elle trouverait bien une occupation sur laquelle se concentrer, n'importe

110

laquelle, pourvu que son attention soit distraite de cet homme qui l'obsédait sans relâche…

Mais la bataille était perdue d'avance. Daisy ne se faisait aucune illusion sur ce point : même après son départ, lorsque ces journées partagées avec lui ne seraient plus qu'un lointain souvenir, Alex demeurerait à jamais présent dans sa mémoire. Et dans les années à venir, ses longues nuits d'insomnie seraient hantées par les scènes vécues ces dernières semaines. Il lui suffirait de regarder le visage de sa fille pour se remémorer la nuit de sa naissance, le contact magique de la main d'Alex sur la sienne…

Deux coups brefs, frappés à la porte, la firent soudain tressaillir.

Un regard furtif à la pendule lui confirma qu'il était près de minuit. Qui donc aurait l'idée de lui rendre visite au beau milieu de la nuit ? Elle se précipita dans le couloir pour vérifier à travers l'œilleton…

Sur le seuil, se tenait Alex.

Le corps de la jeune femme se ranima sans crier gare. Il lui sembla que son sang même accélérait sa course dans ses veines. L'aurait-elle fait apparaître par la seule force de sa pensée ?

Capitulant devant ce signe du destin, Daisy tira le verrou, ouvrit le battant et recula d'un pas, le souffle comme suspendu.

Une longue minute, Alex se contenta d'absorber le tableau qui s'offrait à ses yeux.

De longues mèches noisette batifolaient en désordre autour du visage de Daisy. Sous les fines bretelles de son caraco bleu pâle, les épaules étaient nues. L'étoffe translucide épousait le galbe parfait de ses petits seins ronds, dont les pointes se dressaient comme pour mieux lui aiguiser l'appétit… Le pantalon du pyjama de soie flottait un peu à la taille et sur les hanches, révélant un échantillon de peau crémeuse qui donna aussitôt à Alex une envie folle de la toucher et de se repaître de la douceur de sa chair. Ses orteils arboraient des ongles roses, ornés d'un unique anneau d'argent au pied gauche…

Elle avait l'air chaude, un peu ébouriffée — parée pour l'amour.

Une seule chose parvint à le freiner dans son élan. Sur un plan strictement médical, il était trop tôt : son corps de jeune accouchée ne devait pas être encore prêt.

Elle s'écarta sur le côté pour le laisser entrer. Mal à l'aise, Alex s'empressa d'obtempérer, tant il avait peur qu'elle ne se ravise et lui referme la porte au nez.

— Que fais-tu ici ? murmura Daisy.

— J'étais dehors. Dans ma voiture. J'ai vu ta lumière s'allumer…

Il s'interrompit brusquement.

— Super ! Maintenant, tu vas me prendre pour un voyeur…

Il fourra une main dans sa tignasse avant de l'enfoncer dans sa poche.

— Je sais que cela peut sembler bizarre, bredouilla-t-il, d'ailleurs je n'en suis pas très fier, mais… Pour une raison obscure, je…

Alex haussa les épaules, signant par là sa défaite. Il se révélait incapable d'avancer une raison crédible pour expliquer sa venue. Dans ces conditions, il opta pour la vérité brute.

— Je suis monté dans ma voiture, dit-il en détournant les yeux, et j'ai atterri ici.

Cependant, il omit de préciser que ses amis s'étaient acharnés en vain à le distraire. Que s'asseoir au bar devant une bière ne l'amusait plus du tout. Toute la soirée, il n'avait pensé qu'à elle. Au fond, ce qui lui faisait réellement envie, c'était d'aller la retrouver, et cela tournait à l'idée fixe. Il avait été le premier surpris du tour que prenaient les choses… La situation échappait à son contrôle.

Il avait pourtant banni l'amour de ses projets. Définitivement. Tel était le prix à payer, sans doute, par ceux que leur fiancée choisit de quitter à la Saint-Valentin, quelques jours avant la noce… Mais Daisy s'était joué de son radar interne. Pour mieux dire, elle avait surgi dans l'angle mort de son rétroviseur : le temps qu'il prenne la mesure du danger, il était trop tard.

Il l'avait dans la peau.

Désormais, loin de vouloir se dégager de son emprise, il ne demandait qu'à se laisser posséder. Et, en retour, à la posséder lui aussi.

A cette perspective un flamboiement intérieur si violent le prit qu'il se garda d'esquisser le moindre geste, de crainte de saisir la jeune femme à bras-le-corps, là, tout de suite, dans l'entrée. D'un instant à l'autre, son sang-froid menaçait de voler en éclats…

— J'en suis heureuse, déclara-t-elle alors, déjouant toutes les prévisions d'Alex.

Ces paroles inespérées brisèrent net les dernières chaînes qui le retenaient. Sans plus réfléchir, il l'enveloppa dans ses bras et l'attira contre lui.

Il sentit les seins se presser sur son torse et, d'un geste délibéré, invita Daisy à se frotter davantage, chair contre chair, jusqu'à ce que son regard bleuté se nappe d'une brume de désir.

— Tu viens d'avoir un bébé, chuchota-t-il bêtement tandis que sa main, échappant à son contrôle, glissait vers le bas du dos de sa compagne.

— Mmm…

— Je ne voudrais pas te faire mal…

— Tu ne me fais pas mal.

Comme l'autre main d'Alex s'insinuait entre leurs corps enlacés pour se poser en douceur sur un sein, Daisy poussa une exclamation étranglée. Il dégusta son visage du regard avec une lenteur délibérée, comme on se délecte d'une friandise en se retenant de la dévorer d'une bouchée, pour faire durer le plaisir. Ses joues pâles soudain empourprées, ses lèvres entrouvertes sur un soupir de bonheur…

Le silence irréel de l'appartement parut se refermer sur eux, les transportant hors du monde, en un lieu où rien d'autre n'existait que leur tendre duo.

— J'ai envie de toi, Daisy, murmura Alex.

L'aveu lui avait échappé. En un éclair, le sang qui coulait dans ses veines se métamorphosa en un magma de lave en fusion.

Daisy écarquilla les yeux et le dévisagea, la tête rejetée en arrière. La ligne de son cou ainsi exhibée confronta soudain Alex à la tentation de dessiner sur sa chair tendre un sillon de baisers brûlants. Aiguillonné, il brossa du bout du pouce le mamelon qui pointait contre sa paume. Daisy flancha, aspira avidement une goulée d'air…

— Je sais, répliqua-t-elle. Moi aussi, j'ai envie de toi.

A ces mots, le brasier qui couvait dans les reins d'Alex enfla et se propagea dans son corps, jusqu'à ce qu'il se sente tout entier consumé de désir. C'était pour cela qu'il était venu chez elle si tard dans la nuit, c'était pour cela que la conversation de ses camarades lui avait paru si ennuyeuse et dépourvue d'intérêt : Daisy habitait et son esprit et sa chair.

— J'ai besoin de t'embrasser, ma belle. J'en ai rêvé toute la soirée…

— Moi aussi. Je n'arrivais pas à dormir. Encore moins à réfléchir.

— C'est inutile, désormais, décréta Alex d'une voix altérée. Le temps est venu de sentir, de savourer.

Comme elle s'humectait les lèvres, un petit bout de langue rose fit une brève apparition et faillit coûter son sang-froid à Alex. Le désir rugissait au plus profond de lui tel un tigre à l'affût dans sa cage guettant l'occasion de bondir. La sensation était inédite. C'était la première fois qu'Alex éprouvait cette urgence toute-puissante et dévastatrice à l'égard d'un être, exigeant qu'il se fonde en lui pour partager sa chaleur et son avidité.

Il s'inclina, contemplant le visage de Daisy à la faveur du halo tamisé de la lampe, sans hâte ni précipitation, afin de tirer le meilleur du plaisir que lui procurait par avance ce premier rendez-vous de leurs lèvres. Puis, quand il ne se sentit plus capable de prolonger l'attente, et seulement alors, il captura sa bouche.

Ce fut électrique.

Flamboyant.

Un contact incandescent…

Ils prirent feu, ensemble. Ce baiser qui s'annonçait comme une caresse tendre, un peu taquine, entre amis de longue date, se mua en un festin de roi offert à deux affamés. Les bras d'Alex vinrent s'enrouler autour de Daisy, l'emprisonnant avec une force qu'il eut toutes les peines du monde à contrôler, afin qu'elle n'ait aucune chance de s'échapper…

Mais Daisy verrouilla les mains sur sa nuque avec une même fougue, laissant croire qu'il était la seule force stable de l'univers. Si c'était le cas, alors le monde courait à sa perte, songea Alex dans un brouillard, parce qu'il avait l'étrange impression de tituber au bord d'un abîme… Dans la seconde suivante, il sautait, de son plein gré, entraînant sa compagne avec lui.

D'une langue ferme, il avait engagé les lèvres de Daisy à s'ouvrir pour lui, avant de plonger dans l'onctuosité de sa bouche. D'en avoir pris possession, enfin ! Un indicible soulagement l'envahit. Il gémit tout bas, galvanisé par le débit effréné de son propre sang qu'il sentait galoper dans ses veines et surtout, surtout, par la ferveur avec laquelle Daisy répondait à ses baisers.

La réaction de la jeune femme lui coupa le souffle. Sous l'assaut, elle chavira, se fit chatte et se pressa durement sur son ventre tendu de désir… Affermissant alors sa prise autour d'elle, Alex la souleva de terre. Il lui sembla que ce corps svelte et souple trouvait là, contre lui, sa place idéale. C'était à cette fusion naturelle qu'ils aspiraient l'un comme l'autre depuis ce tout premier soir Chez Antonio. Son intuition ne l'avait donc pas trompé, lorsqu'il avait intercepté le regard de Daisy et s'était abîmé malgré lui dans sa splendeur…

Tandis que leurs langues entamaient une danse lente, lascive à souhait, les mains fébriles d'Alex s'en furent rôder sur le dos de Daisy. Une silhouette fastueuse, aux rondeurs parfaites, naissait à la vie sous ses doigts en maraude… Lorsque ceux-ci se faufilèrent sous l'ourlet du caraco, saisis d'un besoin irrépressible de s'approprier la peau nue, il sentit Daisy soupirer sous ses lèvres. Tous les muscles noués, Alex approfondit son baiser, se fit sauvage dans son désir de prendre et de donner. Cette communion des sens venait à point nommé alimenter le feu qui s'était allumé des semaines plus tôt au plus profond de lui.

Ses mains glissèrent sous la ceinture lâche du pyjama, et découvrirent là des courbes lisses et fraîches. Pris de vertige, Alex sentit naître au bout de ses doigts une charge électrique, qui transmit des picotements délicieux jusqu'à son cerveau… D'un seul coup, ses facultés de raisonnement déclarèrent forfait. Désormais, primait la recherche de nouvelles sensations.

De nouveaux *contacts*.

Daisy remua imperceptiblement dans ses bras, se scellant à son corps au point qu'il la devina prête à se fondre en lui. Mais même cela ne suffirait pas à combler son attente, Alex le savait.

*
**

Sous les caresses d'Alex, Daisy perdait pied.

Ce fut le seul mot qui lui vînt à l'esprit pour qualifier ses sensations. Le contact de cet homme se révélait une expérience ne ressemblant à aucune de celles qu'elle avait pu vivre jusque-là. Une tempête s'était levée dans son corps. Elle était ballottée par des bourrasques qui montaient en puissance de seconde en seconde ; leur violence lui fit craindre un instant de perdre le souffle. D'une certaine façon, elle s'en moquait. Pourvu que jamais il ne cesse de la caresser…

Elle frémit lorsqu'il l'empoigna aux fesses pour la plaquer avec emportement contre la preuve dure et ardente du désir qu'elle lui inspirait. Une moiteur exquise perla entre ses jambes ; comme ses genoux flageolants menaçaient de se dérober, elle se coula plus avant contre Alex, sûre d'y trouver son équilibre…

« C'est magique ! » songea-t-elle, éperdue. Que de simples attouchements puissent déchaîner pareille tourmente chez elle relevait à coup sûr d'un pouvoir surnaturel : Alex était un sorcier. Oui, il l'ensorcelait. Les pouvoirs extravagants de ses doigts audacieux, de ses lèvres brûlantes n'en finissaient pas de la surprendre, l'entraînant dans une fête sensuelle qui outrepassait ses rêves les plus fous. Chacune des cellules de son corps s'éveillait à la vie comme si c'était la première fois…

Lorsque Alex se déprit de sa bouche, ce fut un déchirement. Daisy ravala un soupir de détresse — mais il n'avait interrompu son baiser que pour en déposer d'autres, plus fiévreux encore, sur sa gorge qui palpitait. Son pouls s'affola brusquement. Ancrée aux épaules de son compagnon, elle ficha les ongles dans l'étoffe pourpre du T-shirt et tendit le buste en une invite muette. Que ces lèvres savantes glissent plus bas, plus loin ! Ses seins les réclamaient, son cœur même était prêt à s'offrir à leur moiteur…

— Trop d'habits, chuchota Alex.

Son souffle brossa la chair à vif de Daisy, l'éclaboussant de gouttelettes de feu. La jeune femme acquiesça, bien sûr. Comment ne pas se rendre à l'évidence ? Plus aucune barrière ne devait les séparer, désormais. Même la plus fine des soies serait de trop.

Sans se faire prier, le magicien saisit le caraco à pleines mains et le fit disparaître en un rien de temps.

La fraîcheur nocturne fit courir un frisson sur la peau nue de Daisy. Les pointes durcies de ses seins pointaient, impudiques, frémissantes. Daisy se mit à trembler — mais ce n'était déjà plus de froid. La faute en incombait au regard d'Alex, vrillé à sa poitrine dévoilée.

— Magnifique, déclara-t-il d'une voix sourde. Tu es magnifique.

Ses mains jaillirent. Nonchalantes, et un brin perverses, elles effleurèrent les seins, ricochèrent sur les pointes, les excitant d'une légère pression qui n'avait d'autre but que de laisser leur victime pantelante.

— Tu es merveilleuse, Daisy, murmura Alex. Plus belle encore que je ne l'imaginais, sais-tu ?

« Belle », avait-il dit ? Daisy ne se sentait pas belle, non : elle était en feu.

Elle avait l'impression très nette que si Alex cessait de l'embrasser, ou même de la caresser, elle se trouverait dans l'instant réduite en cendres sous ses yeux. Des étincelles faisaient flamber sa peau. La bouche sèche, elle observa fixement les prunelles noires de son compagnon et décela dans leur éclat les signes d'une transe égale à celle qui la possédait.

— Tes mains, Alex, implora Daisy avec un soupir voluptueux. Pose-les sur moi… Caresse-moi !

L'injonction fut saluée par un râle de gorge. Et ce son guttural, profond, roula sur la moelle épinière de la jeune femme, lui donnant la chair de poule. Sa sensibilité à fleur de peau en fut exacerbée, son corps lui parut plus vivant que jamais…

Elle se laissa entraîner, sans opposer la moindre résistance, vers le canapé où Alex l'installa d'autorité en travers de ses genoux. Dans son impatience, Daisy se trémoussa, troublée de sentir dans son dos la rigidité du sexe d'Alex. Quel dommage qu'elle ne puisse, pour le moment, l'accueillir en elle ! Mais elle n'eut guère le loisir de s'appesantir sur ses regrets. Alex l'eut bientôt allongée devant lui, la nuque reposant sur le bras du canapé, la gorge offerte à son bon plaisir…

Pour preuve, il s'inclina, happa la pointe d'un sein dans sa bouche.

Daisy s'arqua avec une fougue qui l'amena presque à décoller du canapé. Puis toute tension la quitta, tandis qu'un soupir d'aise lui échappait. La bouche brûlante d'Alex, sur son sein… Et cette langue, ces dents… incisives… qui taquinaient savamment la pointe…

Son désir ne tarda pas à déborder. Mais que la défaite était douce ! Paupières closes, réduite à l'impuissance, Daisy ne put que s'abandonner, alanguie, aux fantaisies du magicien, en essayant seulement de ne pas oublier de respirer.

Car Alex la toucha encore.

Une main effleurait amoureusement son ventre encore rond. Les doigts dansaient, légers, sur sa peau nue. Les yeux obstinément fermés, la jeune femme se concentra sur le carrousel de sensations qui l'emportait. Cela faisait si longtemps qu'elle n'avait reçu autant de tendresse et d'attentions. A quand remontait sa dernière étreinte amoureuse ? Une éternité, sans doute. Mais même alors, ce n'était rien, des miettes, du vent, en comparaison de *cela*.

Les gestes d'Alex avaient force de loi. Lorsqu'il la touchait, la lumière jaillissait. Qu'il ôte sa main, et l'obscurité revenait aussitôt l'envelopper.

Daisy, elle, ne désirait que la lumière.

C'était le feu qui l'attirait, ce flamboiement suprême qui couvait là, juste hors de sa portée…

Pendant ce temps les doigts d'Alex filaient sans hâte vers le bas de son ventre.

Ils ne tardèrent pas à atteindre leur cible.

Daisy rouvrit précipitamment les yeux et retint son souffle à la vue d'Alex dévorant ses seins avec gourmandise. Mais ce fut la main plaquée sur son mont de Vénus qui la fit soudain haleter. Elle se rejeta en arrière avec un gémissement étranglé, les doigts accrochés aux épaules de son amant. Et se surprit à chalouper des hanches, ardente, avide…

Le désir bouillonnait en elle à présent, si impérieux qu'un petit cri plaintif franchit ses lèvres.

Alex n'ignorait pas que la jouissance, ce soir, lui serait sans doute interdite. Il était trop tôt pour que Daisy puisse faire l'amour, quelques semaines à peine s'étaient écoulées depuis l'accouchement.

Dans ces conditions, il saurait trouver son propre plaisir en lui offrant l'ivresse.

Toucher la jeune femme aussi intimement, goûter son excitation et l'amener à lâcher prise pour mieux s'abandonner… Tout cela lui faisait l'effet d'une drogue. La peau satinée de Daisy fondait sous la langue. Alex suçota et aspira avec une frénésie grandissante, jusqu'à sentir l'esprit de sa maîtresse s'incruster dans son âme.

Alors seulement, ses doigts entrèrent en action.

Ils s'insinuèrent savamment entre les lèvres ourlées de toison sombre, vers la source vive de sa féminité. La moiteur brûlante qui les accueillit prouva à Alex combien Daisy était offerte. Sous la première caresse, elle se mit à trembler entre ses bras.

Les soupirs enroués qu'elle poussa le galvanisèrent. Son propre désir, qu'il croyait à son comble, allait croissant. Mais il était devenu désir de donner, et non plus seulement de prendre…

Car — et c'était une première — octroyer du plaisir se révélait aussi délectable que d'en recevoir. Alex éprouva dans sa propre chair chaque frisson de sa compagne, il sentit monter sa tension intérieure comme une masse compacte se gorgeant d'énergie de seconde en seconde. Sous les doigts déliés qui exécutaient une partition de leur cru, avait débuté la course vers l'extase. Daisy touchait au but, il en était certain.

Il la propulsa alors plus vite, plus fort, afin que la vague de plaisir déferle à travers elle jusqu'à lui. Glissant un bras sous ses reins, il l'amena plus près de lui et se redressa pour suivre l'évolution de son plaisir sur son visage. De cette manière, il s'offrit le luxe de savourer chacun de ses soupirs tandis qu'elle roulait des hanches pour se frotter d'instinct contre sa main.

— Regarde-moi, commanda-t-il d'une voix rauque. Daisy, regarde-moi !

Egarée dans les brumes cotonneuses du plaisir, la jeune femme parut néanmoins l'entendre. Ses paupières battirent, leurs regards s'accrochèrent…

Il se pencha pour l'embrasser brièvement, avec une infinie tendresse.

— Je veux te voir jouir…

— Alex…

Le souffle haché, Daisy se soulevait maintenant par petites saccades sur le canapé.

— Laisse-toi aller, la pressa-t-il, les lèvres sur sa bouche. Je te rattraperai. Viens, ma belle…

Il ne la quittait pas des yeux, à l'affût du bien-être qui, d'un instant à l'autre, allait irradier ce beau visage et rejaillir sur ses propres sens.

— Alex, je…

Elle ne termina pas sa phrase.

Un ultime spasme, plus violent que les autres, lui coupa le souffle. Alex intercepta le premier éclair qui vint traverser ses prunelles écarquillées. Secoué de frissons, le corps de Daisy se tendit comme un arc…

Un sanglot monta dans sa gorge. Et c'est avec son prénom à lui au bord des lèvres qu'elle se jeta en aveugle dans l'abîme de félicité au fond duquel l'attendaient les bras ouverts d'Alex.

10.

A l'instant où son corps comblé s'assagit enfin, comme las de frémir, Daisy prit une longue et profonde inspiration et ramena frileusement les bras sur sa poitrine. Il était un peu tard pour préserver sa pudeur, bien sûr, mais…

Pour une raison mystérieuse, à présent que la tempête s'était apaisée, la jeune femme se sentait terriblement vulnérable sous les yeux de son amant.

Alex esquissa un petit sourire espiègle.

— Refermer la barrière ne sert plus à rien, sais-tu ? Les chevaux sont lâchés…

Rougissante, Daisy voulut se redresser — mais elle s'immobilisa aussitôt en entendant Alex retenir son souffle. Elle prit soudain conscience, avec un pincement au cœur, du corps raide comme l'acier, raide de *désir*, sur lequel elle était assise.

— Reste assise et ne bouge plus, d'accord ? murmura Alex.

— Il serait peut-être préférable que je change de place ?

— Préférable pour qui ? Pour ne rien te cacher, cette position me procure un certain bien-être…

— Tu ne serais pas un peu masochiste, par hasard ? répliqua la jeune femme avec un sourire incertain. Tu sais, je ne peux pas encore… faire ce que je veux…

Alex poussa un soupir mais n'en affermit pas moins sa prise sur ses hanches pour la maintenir en place.

— Oui, Daisy. Je m'en doutais.

Daisy considéra son compagnon avec stupeur.

Alex pressentait donc depuis le début que, sur le plan physique, elle ne serait pas suffisamment remise de l'accouchement pour faire l'amour... Pourtant, cet obstacle n'avait pas refroidi ses ardeurs. Il ne l'avait pas empêché de l'abreuver de caresses, poussant les préliminaires jusqu'à un point de non-retour...

Si elle n'avait pas pu jouir ce soir, son corps, saturé d'énergie, aurait sûrement volé en éclats. Alex devait éprouver la même impression. En ce moment même, il devait connaître les affres du désir insatisfait...

— Alors pourquoi... ? balbutia-t-elle.

Avant de répondre, il glissa une main sous sa nuque et l'enfouit dans le doux enchevêtrement de sa chevelure défaite.

— Parce qu'il fallait que je te touche. Tu comprends ? Il fallait que je t'embrasse.

Daisy se coula dans sa paume, prisant la chaleur que cette caresse communiquait à son corps tout entier.

— Depuis des semaines, le désir me rendait fou, précisa-t-il d'une voix étranglée.

Il resserra les doigts sur ses cheveux et l'attira plus près. Leurs bouches se frôlaient.

— Je ne pouvais plus penser qu'à toi. Etre avec toi, être proche de toi... Cela tournait à l'obsession.

Cette confidence d'Alex la toucha au cœur.

Elle plongea les yeux dans ceux de son compagnon, et se demanda comment elle avait pu vivre vingt-six ans sans pouvoir les regarder. En étant privée des trésors et de la chaleur bienfaisante qu'ils recelaient. Pire, comment diable parviendrait-elle à surmonter leur absence pour le restant de ses jours ?

Car, quand ce bref interlude magique prendrait fin, quand, sa permission terminée, Alex reprendrait la route, elle ne pourrait plus jamais s'installer sur ce canapé sans que revienne le souvenir du contact de ces grandes mains viriles sur son corps. C'était écrit. Elle serait désormais incapable d'entrer dans cet appartement sans guetter le son grave de la voix d'Alex, sans s'attendre à découvrir son sourire ravageur… Comment se sortirait-elle de ce guêpier ? Elle n'en avait pas la moindre idée.

Mais, pour le moment, ces mains-là folâtraient sur sa peau. Alors, elle décida d'oublier provisoirement toute pudeur, pour mieux s'abîmer dans les sensations que leurs caresses paresseuses éveillaient en elle. Enroulant les bras autour du cou de son amant, elle l'embrassa lentement, avec une intensité à la mesure de la tendresse qu'il lui inspirait. De cette manière, elle lui montrerait mieux qu'avec des mots le bonheur qu'elle éprouvait à se réfugier dans le cercle de ses bras.

Lorsqu'elle se détacha d'Alex, elle vit qu'il souriait en dépit de la souffrance affleurant dans son regard. Tout à l'heure, se dit-elle, très émue, cet homme l'avait emmenée vers les cimes. Pour elle, il avait accompli des prodiges, sans songer un instant au supplice qu'il endurait…

Mais elle, elle ne pouvait se résoudre à l'oublier. Brusquement, elle voulut retourner cette faveur à Alex en lui offrant un présent aussi précieux.

— Et maintenant, commença-t-elle d'une voix langoureuse en prenant son visage en coupe, si je faisais quelque chose pour toi ?

Alex referma les mains sur les siennes et lui baisa les paumes.

— Non, ma belle. Pas question.

— Pourquoi ?

— Parce que je peux attendre. J'ai très envie de toi, Daisy, mais je patienterai le temps qu'il faudra pour te prendre toute.

Cette confession avait au moins le mérite de la franchise. Alex avait envie d'elle et ne s'en cachait pas. Pour le reste… A aucun moment, il n'avait évoqué un avenir à deux. Il ne lui avait fait aucune promesse d'amour… D'ailleurs, elle n'en attendait pas.

N'est-ce pas ?

Son ventre se contracta. Une fébrilité inattendue l'avait saisie. Contre toute attente, ce délai qui leur était imposé par la nature ne faisait finalement qu'exacerber son impatience. Le désir pulsa de plus belle dans ses veines… A présent, elle n'ignorait plus rien des délices que les caresses d'Alex pouvaient prodiguer à son corps comme à son âme. Et cet avant-goût qu'il lui en avait proposé ce soir rendit soudain presque intolérable la perspective de différer ces nouveaux plaisirs.

Pour le moment, Alex lui appartenait. Et Daisy était fermement résolue à profiter du prodige de cette présence aussi longtemps qu'il durerait. Car c'était bien un tour de magie que lui avait réservé le destin en la jetant dans les bras d'un homme comme elle n'aurait jamais cru en rencontrer un jour…

Ensuite, quand le temps imparti serait écoulé, elle pleurerait l'absence d'Alex.

Une fois seule, et pas avant.

— Tu vaux la peine que j'attende, susurrait le magicien en la berçant contre sa poitrine.

L'oreille emplie des battements assourdis du cœur de son amant, Daisy s'intima l'ordre de graver ces paroles dans sa mémoire.

En prévision de ce moment où Alex ne serait plus qu'un souvenir, dans le silence de nuits décidément trop longues et trop solitaires…

*
* *

La semaine qui suivit traîna en longueur.

Alex éprouvait l'étrange sensation d'être posté en équilibre sur le fil d'un rasoir. Sa mémoire lui représentait en permanence le film de cette unique soirée en compagnie de Daisy. Ce tête-à-tête intime, il se le rejouait à n'en plus finir. Il sentait la peau soyeuse de la jeune femme sous ses mains caressantes, il l'entendait haleter, le souffle rauque, entre deux soubresauts incontrôlables, avec une netteté qui le mettait au supplice. Devoir différer le moment de revivre la scène, pour la mener cette fois jusqu'à son terme, était pour lui un tourment indicible.

— Hé, Barone ! s'exclama Mike Hannigan. Où diable es-tu en cette seconde ?

— Hmm ?

Son ami secoua la tête.

— Elle doit être canon, dis-moi…

— Qui donc ?

— La fille qui prend toute la place dans ton petit cerveau, tiens !

Un grondement de tonnerre résonna quelque part dans le lointain. Alex tendit la main vers sa canette de bière. Alors que les autres avaient déjà entamé leur deuxième tournée, Mike et lui préféraient se tenir hors du jeu. Dans le pub bondé, les clients bavardaient et riaient. Des enceintes suspendues au mur derrière le bar s'échappait un blues langoureux qui semblait n'avoir aucun effet sur la bande de gamins chahuteurs qui se pressait à l'entrée de la salle des jeux vidéo…

Un long moment, Alex se contenta de fixer son compère sans mot dire.

— C'est Daisy, confessa-t-il pour finir.

Mike fronça les sourcils. Une expression d'incrédulité se peignit sur son visage.

— La serveuse enceinte de Chez Antonio ?

— Elle n'est plus enceinte.

Mike se cala sur sa banquette avant de boire une longue gorgée de bière.

— C'est sérieux ? s'informa-t-il, les yeux rivés à l'étiquette.

Comme Alex ne répondait rien, Mike s'esclaffa.

— Qui l'eût cru ? Barone, le célèbre tombeur, serait donc casé ?

Le tombeur.

Les copains le chambraient souvent sur cette faculté qu'il avait apparemment d'attirer sans effort particulier la gent féminine. Pour l'essentiel, ce n'était pas faux : pour peu qu'il en ait envie, Alex trouvait sans trop de difficulté une compagne avec laquelle tuer le temps — quelques heures, quelques semaines parfois. Mais la femme de sa vie… C'était une autre paire de manches. Il n'était jamais parvenu à la trouver. A telle enseigne, qu'il avait même définitivement renoncé à la chercher, ces deux dernières années…

Jusqu'à sa rencontre avec Daisy Cusak.

Cette fois, serait-il « casé » pour de bon, ainsi que le laissait entendre Mike ?

Seigneur ! Comment savoir ?…

Une certitude, au moins, l'habitait : il tenait à cette femme plus qu'il n'avait tenu à aucune autre avant elle. Même les sentiments que lui inspirait son ex-fiancée étaient sans commune mesure avec cet élan qui le portait vers Daisy. Pour autant, cela ne laissait pas obligatoirement augurer une relation sérieuse, s'inscrivant dans la durée, promesse de lendemains qui chantent…

Et puis, il y avait cet entêtement dont Daisy pouvait faire preuve à l'occasion, ces sautes d'humeur qui l'avaient incitée, pas plus tard que l'autre jour, à d'abord refuser par orgueil le cadeau qu'il était venu lui offrir. Lorsqu'il lui arrivait d'évoquer ses projets futurs, et l'avenir qu'elle espérait bâtir pour elle-même et pour Angel, Alex n'y avait pas sa place. C'était à croire qu'elle commençait déjà à l'exclure de sa vie…

En dehors d'une parenthèse, ô combien brève, de tendresse, la relation qu'il avait nouée avec Daisy n'avait guère dépassé le stade de l'amitié. A supposer que lui, de son côté, aspire à une intimité plus franche, qui pouvait lui garantir qu'elle partagerait son désir ? Une fois déjà, par le passé, il avait accordé sa confiance à une femme. Pour un résultat catastrophique. En retour, il n'avait récolté qu'une brutale rupture de fiançailles, assortie d'un flot de condoléances inopportunes de la part de ses amis et de ses proches compatissants…

Ce souvenir cuisant suffit à trancher net le fil fragile que tissait allègrement son imagination débridée.

— Est-ce que tu es amoureux d'elle ? demanda Mike.

La question se fraya lentement un chemin à travers le brouillard dans lequel baignait l'esprit d'Alex.

Il prit le temps de réfléchir, afin d'essayer de mettre un nom sur ses sentiments… Mais ce nom lui échappait, aussi fuyant et insaisissable que ses émotions mêmes.

— Je ne sais pas, dit-il enfin.

— Ma foi, répliqua Mike, il te reste environ quinze jours pour le découvrir.

Alex saisit sa canette et la vida d'un coup. Les dernières semaines avaient passé si vite qu'il s'en était à peine préoccupé. Mais Mike avait raison. Sa permission touchait à sa fin.

Quinze pauvres jours encore. Ensuite, le travail reprendrait ses droits. A l'heure H, il recevrait une affectation vers une destination inconnue, pour une durée tout aussi inconnue, et quitterait Boston. D'ordinaire, la perspective exaltante de se retrouver aux commandes d'un jet de la marine nationale lui remontait à coup sûr le moral… Alors pourquoi, aujourd'hui, ce rendez-vous obligé sonnait-il davantage comme une condamnation ?

Quelques jours plus tard, Daisy et sa fille furent accueillies par le sourire chaleureux de Rita qui les attendait attablée en terrasse, dans le restaurant où celle-ci leur avait donné rendez-vous.

Avec son exubérance coutumière, la sœur d'Alex se leva d'un bond pour extraire sans façon Angel de sa poussette et l'examiner de plus près.

— Comme elle a grandi ! Je n'arrive pas à le croire !

Un sourire de fierté se dessina sur les lèvres de Daisy tandis que Rita gazouillait avec le bébé.

Le temps filait si vite. Angel était devenue une personne à part entière ; elle commençait manifestement à prendre conscience des détails du monde qui l'entourait. Ainsi, elle s'illuminait tel un sapin de Noël à la seconde où Daisy pénétrait dans sa chambre. Et que dire de sa réaction à chaque apparition d'Alex ! C'était comme si le Père Noël en personne descendait lui rendre visite...

Elle s'interrogea, comme souvent, sur la réaction d'Angel après le départ d'Alex désormais tout proche. Est-ce qu'il lui manquerait ? Remarquerait-elle seulement son absence ?... « Bien sûr que oui », songea la jeune femme avec tristesse. Son cœur se serra devant cette évidence. Angel ne tarderait pas à souffrir — ni plus ni moins qu'elle-même.

Depuis ces moments de tendre intimité partagés dans son salon, le climat s'était tendu entre elle et Alex. Le temps passant, tous deux savaient que, bientôt, son corps serait de nouveau mûr pour l'amour. Mais une question plus sérieuse, la seule qui comptât vraiment, demeurait sans réponse.

Dans le fond de son cœur, serait-elle prête à accueillir Alex ?

Les sentiments qu'elle éprouvait pour lui étaient déjà si complexes que le moment venu, entre ses bras, toute faculté de raisonnement l'abandonnerait, elle le savait…

— C'est une beauté, décréta Rita d'un ton catégorique.

Daisy s'obligea à respirer calmement. Revenir au présent. S'interdire, avec la dernière fermeté, de penser à Alex…

Pour le moment.

— Merci, dit-elle en s'asseyant en face de Rita. Et merci à vous, encore une fois, de m'avoir aidée à mettre cette beauté au monde… Sans votre aide, je ne sais vraiment pas ce que nous serions devenues cette nuit-là.

Tout en lissant sa jupe vert pâle, la jeune femme se félicita d'avoir opté ce jour-là pour un ensemble un peu chic. En jean et T-shirt, une tenue qu'elle affectionnait d'habitude, elle se serait sentie déplacée dans ce restaurant petit mais plutôt huppé, situé de surcroît dans l'un des quartiers les plus bourgeois de la ville.

— Oh ! Vous vous seriez parfaitement tirée d'affaire malgré tout, répliqua Rita, occupée à bercer Angel. La nature fait bien les choses, elle vous aurait guidée…

— Tout de même, vos compétences m'ont été bien utiles !

En l'espace d'une seule nuit, à la faveur de la naissance d'Angel, elle s'était forgé un lien solide, peut-être même indéfectible, avec Rita, Maria et Alex. Cette familiarité avec la famille Barone donnait parfois à Daisy la sensation d'appartenir à leur clan — une sensation délicieuse même si, bien entendu, elle relevait du fantasme le plus pur.

Souriante, Rita fit courir tendrement la pointe d'un ongle manucuré sur la joue du bébé.

— Tout le plaisir a été pour moi, ma chère, et plus que vous ne le pensez ! Voilà près de six semaines que je me vante de cette petite aventure…

Sur ces entrefaites survint le serveur, qui laissa tomber deux menus sur la table avant de tourner les talons sans proférer une parole.

— A propos, reprit Rita, c'est un peu indiscret…, mais en ma qualité d'infirmière, je ne peux pas m'empêcher de m'interroger. Avez-vous consulté votre médecin pour la visite de contrôle ?

— J'ai rendez-vous demain, répondit Daisy.

Une vive chaleur lui monta aux joues, propageant dans son corps comme un tourbillon de couleurs éclatantes. Une fois obtenu le feu vert du médecin, plus rien ne l'empêcherait de faire l'amour avec Alex.

L'émotion lui étreignit la poitrine. Etait-ce une bonne chose ? Ou une mauvaise ?

— Avez-vous vu Alex, récemment ?

— Hmm ?

— Alex, répéta Rita avec un sourire mystérieux en détachant les syllabes. Mon frère ! Vous savez, cet individu de très grande taille, débordant de charme ?…

La simple mention de ce prénom avait le don de mettre Daisy dans tous ses états. Histoire de gagner du temps, elle reprit le bébé des bras de Rita pour l'installer dans la poussette. Ces quelques secondes de diversion lui permirent de se ressaisir. Il était hors de question pour elle de laisser transparaître devant Rita son admiration transie pour Alex.

— Je sais qui est Alex, dit-elle avant de se mordre la lèvre.

— Ma foi, je voulais juste m'en assurer…

Daisy se redressa et inspira à fond.

— Je l'ai vu hier.

— Vous vous rencontrez souvent, dites-moi…

— Si l'on veut, commenta Daisy sans se compromettre.

Elle ne voyait pas très bien où les menait cette conversation. Rita se mit à rire et s'empara d'un des deux menus posés sur la table.

— Hé ! Détendez-vous, Daisy ! Je ne suis pas un juge mandaté par un tribunal de l'Inquisition. J'aimerais connaître mieux la petite amie de mon frère, voilà tout.

— Je ne suis pas…

— C'est ça, coupa Rita, rejetant l'objection d'un revers de la main. Avez-vous fait votre choix, pour le déjeuner ?

Daisy promena le regard autour d'elle vers la poignée de clients répartis sur la demi-douzaine de tables blanches disposées à l'ombre de parasols rayés blanc et vert.

— Vous ne préférez pas que nous attendions Maria ? Nous devions déjeuner ensemble toutes les trois, il me semble…

— En effet, opina Rita. Mais Maria a attrapé un virus quelconque, particulièrement désagréable, qui l'empêche ces temps-ci de retenir la moindre nourriture…

— Oh. Je suis navrée.

— Elle survivra, ne vous inquiétez pas.

Rita abaissa le menu qu'elle tenait dans les mains et regarda son invitée droit dans les yeux avant d'ajouter :

— L'avantage, quand elle n'est pas là, c'est que je peux poser plus de questions.

En entendant cela, Daisy réprima un frisson. La curiosité légitime de Rita ne pouvait porter que sur un sujet particulièrement pénible, qu'elle eût préféré de tout cœur éviter. Elle n'avait aucune réponse à offrir. Rita risquait d'être déçue…

Le serveur s'approcha, carnet de commandes en main. Son air maussade fit tressaillir la professionnelle qu'elle était. Elle nota mentalement que ce garçon mériterait un petit discours sur la méthode… Chez Antonio, songea-t-elle, si un seul membre du personnel s'avisait d'accueillir les clients avec un tel laisser-aller, il se retrouverait illico sur le trottoir, chômeur en quête d'un nouvel emploi.

— Je prendrai un sandwich « club » et un thé, annonça Rita.

— Et moi, une salade de thon accompagnée d'un soda, ajouta Daisy.

Après avoir noté leurs commandes, le serveur se fendit de l'ébauche d'un sourire, leur ôta les menus des mains et tourna les talons.

— Charmant ! marmonna Daisy.

— Allons, Daisy… Vous n'espérez pas faire diversion en me parlant d'un serveur, tout de même !

— Nous faisons déjà fausse route avec cette conversation, observa Daisy, un peu choquée du mépris avec lequel Rita avait prononcé le mot « serveur ».

Après tout, elle aussi exerçait ce métier-là. Et plutôt bien ! D'ailleurs, la fin de son congé de maternité approchait, elle reprendrait bientôt son poste Chez Antonio. Bien entendu, même la plus douée des serveuses ne saurait impressionner la famille de Rita. Quant à une serveuse élevant seule sa fille, de surcroît… Les Barone ne la considéreraient pas exactement comme l'épouse idéale pour Alex.

L'épouse ?

Mais d'où lui était venue cette idée ?…

Daisy baissa la tête et fit mine de surveiller le sommeil d'Angel dans la poussette tandis que ses pensées se bousculaient dans sa tête. Pourquoi se mentir ? Elle avait trop rêvé ces derniers temps pour se le permettre. Son imagination lui avait soumis trop de chimères… Comme cette fiction qui la comblait, dans laquelle Alex était devenu son mari et le papa d'Angel… Ils vivaient heureux dans un charmant cottage nanti d'un vrai jardin à l'anglaise…

Mais à peine ces images faisaient-elles surface, que l'éclat aveuglant de la réalité les faisait éclater en autant de bulles.

Daisy se servit un peu d'eau tout en se répétant qu'elle n'était pas assez stupide pour croire aux contes de fées.

— En ce qui me concerne, je ne crois pas me tromper, protesta doucement Rita. Mon grand frère est amoureux de vous.

Daisy avala une gorgée de travers.

Comme elle toussait sans parvenir à reprendre souffle, Rita se leva promptement pour lui administrer dans le dos quelques claques bien senties. Lorsque la douleur l'emporta sur la panique, Daisy leva la main en signe de reddition. Enfin, les quintes s'espacèrent, mais elle tremblait encore d'indignation en dévisageant son interlocutrice.

— Vous êtes folle !

— C'est drôle, murmura Rita en retournant à sa place, c'est exactement ce que m'a répondu Alex.

— Vous lui avez fait part de vos soupçons ? s'exclama Daisy.

— Si vous voulez mon avis, il le savait déjà.

— Mais c'est… C'est ridicule !

Daisy se trouva brutalement déchirée entre l'envie désespérée de croire son interlocutrice sur parole, et celle de rayer de sa mémoire cette conversation surréaliste.

— Il est gentil, c'est tout… Ce n'est pas de l'amour qu'il éprouve pour moi…

— Ma chère, dit Rita en secouant la tête, la gentillesse a des limites. Les sentiments d'Alex vont au-delà. Il vous aime !

— Alex s'est attaché au bébé qu'il a vu naître, rien de plus, déclara Daisy d'un ton ferme.

— Je n'en doute pas. Il est fou d'Angel… Mais il est également amoureux de sa mère. En ce qui me concerne, je n'aurais jamais pensé qu'il s'éprendrait de nouveau d'une femme !

Les mots que s'apprêtait à prononcer Daisy moururent sur ses lèvres. Hébétée, elle répéta :

— *De nouveau* ?

Les boissons commandées firent leur apparition sur la table. Rita remercia d'un sourire le serveur taciturne et attendit qu'il soit reparti avant de poursuivre :

— Il s'est fiancé une fois déjà, il y a environ deux ans de cela. Une femme détestable, soit dit en passant, ajouta Rita en frissonnant.

— Fiancé, répéta Daisy abasourdie.

En d'autres termes, Alex en avait aimé une autre. Suffisamment pour la demander en mariage…

De plus, lui souffla une petite voix, il y avait fort à parier qu'il n'avait pas attendu des semaines entières avant d'exprimer son désir à cette femme-là.

— C'est elle qui a rompu, précisa Rita, les yeux dans le vague. Une semaine tout au plus avant la date fixée pour la cérémonie.

— Quelle honte !

— Comme vous dites. Elle avait tous les torts… Mon frère a accusé le coup. A mon avis, cette mésaventure l'a marqué à vie. Elle l'a dégoûté de l'amour. Enfin, c'est ce que nous avons tous cru. Honnêtement, je n'aurais jamais imaginé qu'il retombe un jour amoureux…

— Ce n'est pas arrivé, Rita.

— Vraiment ?

— Mais non, je vous assure !

Rita ne dit rien. Elle se contenta de sourire d'un air entendu. Daisy songea qu'elle n'avait jamais noté jusque-là combien un sourire pouvait agacer.

— Je connais mon frère. Quoi qu'il prétende, il est bel et bien mordu.

— Est-ce que tous les Barone se font fort de lire dans les pensées ?

— Pardon ?

Daisy était bouleversée, maintenant.

Elle fut tentée de prendre ses jambes à son cou et de filer se réfugier dans le calme de son appartement pour mettre de l'ordre dans ses pensées.

Les premières vagues de panique déferlèrent dans ses veines. Elle aurait aimé souscrire à l'opinion de Rita, mais le risque semblait trop grand, et l'enjeu démesuré. Ses nouvelles responsabilités de mère lui interdisaient d'accepter un tel pari sur l'avenir. Elle avait cru en Jeff, et où cette confiance aveugle l'avait-elle menée ? A une grossesse menée à terme dans la solitude et le désarroi…

Elle ne mettrait pas une seconde fois son cœur en danger. Tout le monde, c'était une évidence, avait le droit de se tromper ; retomber dans les mêmes pièges serait en revanche une folie impardonnable.

— Daisy, ne partez pas…

— Je suis désolée, je…

Elle était déjà debout, pressée d'en finir. C'est alors que surgit le serveur, qui daignait enfin leur apporter les déjeuners commandés.

— Vous nous quittez ? demanda-t-il en posant une assiette sur la table avec une telle désinvolture que quelques miettes de thon dégringolèrent sur la nappe.

— En effet, répliqua Daisy.

Puis elle enchaîna, avant d'avoir pu s'en empêcher :

— Quant à vous, un conseil : veillez à mettre dorénavant un peu plus d'enthousiasme dans votre travail, ou alors démissionnez sur-le-champ ! Qui aurait envie d'être servi par un pit-bull ?

Comme l'intéressé ouvrait la bouche pour protester, Daisy lui coupa l'herbe sous le pied.

— Les bonnes manières ne coûtent rien. Vous pourriez même récolter de meilleurs pourboires en faisant preuve d'un minimum de politesse !

Sur un ultime hochement de tête destiné à Rita, elle saisit la poignée de la poussette et se dirigea résolument vers la rue.

Une salve d'applaudissements dans la salle du restaurant salua spontanément sa sortie. Elle poursuivit néanmoins son chemin sans se retourner.

Rita la suivit d'un regard approbateur.

— Non mais pour qui elle se prend, celle-là ? marmonna le serveur dans sa barbe.

— Pour une jeune femme très intelligente, lui renvoya Rita. Et qui fait le même métier que vous.

L'infirmière jeta sur la table un billet de vingt dollars et sortit sans attendre la monnaie.

Elle avait un coup de téléphone urgent à donner.

11.

Le lendemain, après s'être garé non sans difficulté dans le bas de Huntington Avenue, Alex se dirigea d'un bon pas vers l'immeuble de cinq étages, tout de verre et de chrome, qui abritait le siège des *Baronessa Gelati*.

Au pied de l'imposante bâtisse s'étendaient des pelouses tirées au cordeau, égayées de parterres de fleurs variées éclatantes de couleurs et de parfums ; l'air embaumait jusque sur le trottoir devant l'entrée de l'immeuble, ombragée grâce au bouquet d'arbres plantés là de manière à conférer à l'endroit une atmosphère à la fois accueillante et paisible.

La décontraction n'était pourtant pas le fort des fondateurs des *Baronessa Gelati*. C'était en recherchant toujours l'excellence que le clan Barone s'était bâti une réputation solide qui excédait même les frontières du pays. Cela supposait de travailler. Beaucoup, et en permanence.

Lui-même avait participé, comme ses frères et sœurs, au développement de la marque. Tous, chacun leur tour, avaient servi dans la *gelateria* du North End ou joué les coursiers ici même, au quartier général de l'entreprise. Et la plupart d'entre eux avaient décidé de poursuivre le projet familial.

Alex, lui, avait fait le choix contraire depuis sa plus tendre enfance. Un emploi sédentaire, supposant de s'installer derrière un bureau de l'aube à la nuit tombée ? Très peu pour lui. Seul l'appel du large le tentait. Il avait voulu voyager de par le monde, faire de sa vie une aventure de tous les instants…

Dans l'armée, au sein de la marine nationale, il avait trouvé sa place.

Le sang des Barone coulant malgré tout dans ses veines, une bouffée de fierté l'envahit à la vue des réalisations accomplies par sa famille. Les mains dans les poches, il s'avança vers l'entrée de l'immeuble. La double porte vitrée coulissante s'ouvrit à son approche dans un chuintement de bienvenue…

Le cliquetis désagréable des talons de ses *boots* sur le sol pavé de marbre lui arracha une grimace. Il salua d'un geste de la main le préposé assis derrière le comptoir de la réception et gagna directement les ascenseurs, sans accorder le moindre coup d'œil aux multiples photos, récompenses et plaques commémoratives dont s'ornait l'immense hall. Il n'en avait pas besoin — naguère, il avait aidé son père à les suspendre. Ici, comme dans une galerie d'art, les murs racontaient l'histoire d'une réussite exemplaire, celle de *Baronessa*, dont Alex connaissait déjà, en tant que fils du fondateur, les moindres péripéties.

Quelques secondes plus tard, il pressait la touche lumineuse correspondant au cinquième étage. La cabine s'ébranla en douceur. Adossé à la paroi, les bras croisés sur sa poitrine, il observa la lente progression de la lumière sur les numéros gravés au-dessus des portes.

Durant cette poignée de minutes au calme, volées à la frénésie du monde extérieur, l'esprit d'Alex se mit à battre la campagne. Pour l'essentiel, il se surprit à ressasser, encore et toujours, les réflexions que lui avait inspirées sa conversation d'hier avec Mike.

Mécontent de lui, Alex jura tout bas. A quoi bon lutter ? Quantité d'idées décousues lui trottaient dans la tête sans relâche depuis qu'il avait franchi le seuil de Chez Antonio ce fameux soir, six semaines plus tôt…

Daisy.

Chaque nuit, cette femme s'invitait dans ses rêves ; le jour, elle régnait en maître sur ses pensées. D'une manière ou d'une autre, elle s'était si bien immiscée dans son univers intime qu'il ne parvenait plus à l'imaginer sans elle.

C'était précisément ce qui l'avait amené aujourd'hui jusqu'au siège des *Baronessa Gelati*. Avant de parler à Daisy, il avait éprouvé le besoin de s'ouvrir à sa famille de son désarroi grandissant. Confusément, il venait chercher ici une oreille attentive pour exposer ce qui se passait en ce moment dans sa vie, mettre enfin des mots sur les sentiments complexes qui semblaient bel et bien envoûter son cœur. Diable ! Peut-être quelques encouragements, aussi, seraient-ils les bienvenus ? Qu'il serait doux de s'entendre dire, par exemple, qu'être amoureux ne conduisait pas nécessairement au désastre… Que la passion pouvait offrir autre chose que de la souffrance…

Un tintement cristallin retentit. Avec un grognement de mépris, Alex redressa les épaules au moment où s'ouvraient devant lui les portes de la cabine. Décidément, il filait un mauvais coton. Lui, un officier de la marine nationale chargé de défendre la patrie aux commandes d'un jet valant des millions de dollars, se retrouvait à jouer le fils prodigue, venu mendier du réconfort auprès de ses parents !

Mécontent de lui, il foula d'un pas moins alerte que d'habitude la moquette du couloir interminable menant au bureau de son père, dans le bruissement feutré du travail accompli avec compétence et efficacité. Les membres de l'équipe de direction s'activaient silencieusement d'une porte à l'autre, tandis que des violons italiens déversaient en sourdine leur mélancolie depuis des enceintes invisibles. La secrétaire de son père accueillit Alex avec un large sourire et lui fit signe d'entrer. Il poussa la porte et s'immobilisa sitôt le seuil franchi.

Dans cette pièce d'angle, c'était d'abord l'élégance des proportions qui frappait le visiteur. Face au bureau d'acajou à l'ancienne, une immense baie vitrée offrait un panorama époustouflant sur les toits de la ville. Un comptoir de bois sombre délicatement ouvragé, surmonté d'une dizaine de carafes de cristal, se profilait contre le mur de droite ; sur la gauche, un salon de cuir noir, deux canapés face à face complétés par deux fauteuils profonds formant un cercle autour de la table basse, invitait aux transactions amicales comme aux conversations plus intimes…

Pour l'heure, le maître des lieux discutait au téléphone. Avisant Alex, il lui adressa un sourire et lui fit signe d'entrer, avant de reporter son attention sur son correspondant. Alex profita de l'occasion qui lui était offerte pour observer son père.

A soixante-cinq ans, Carlo Barone présentait encore l'image d'un homme d'affaires vigoureux qui ne s'en laissait pas conter, depuis la coupe militaire jusqu'à la pointe des chaussures noires comme toujours impeccablement cirées. Ses tempes grisonnantes n'étaient qu'un leurre, elles ne pouvaient tromper ses proches : il n'avait jamais été question pour lui de ralentir son rythme de travail.

Le temps qu'il en termine avec sa conversation téléphonique, Alex fit quelques pas dans la pièce, détaillant au passage les photos de famille encadrées qui décoraient une grande partie des murs. Ses frères et sœurs enfants, souriant de toutes leurs dents de lait, lui renvoyèrent des regards figés dans le temps qui ne firent qu'accroître la mélancolie oppressante à laquelle il était en proie.

— Chéri ! s'exclama soudain une voix familière depuis la porte. J'ignorais que tu devais passer au bureau aujourd'hui ! Pourquoi ne pas m'avoir prévenue ?

Alex se retourna pour sourire à sa mère.

Moira Reardon Barone traversait la pièce à sa rencontre, les bras grands ouverts. C'était une femme élégante et longiligne, toujours coiffée avec le plus grand soin, et dont la rousseur ne manquait jamais d'évoquer son Irlande natale. A la vue de son fils, ses beaux yeux verts dansaient de joie.

— Bonjour, maman.

Alex la serra contre lui. Emporté par son élan, il la souleva du sol… Egrenant un rire léger, Moira lui tapota le dos pour lui faire lâcher prise.

— Reposez-moi par terre, jeune *hooligan* !

Le téléphone enfin raccroché, Carlo vint le saluer à son tour.

— Très heureux de te revoir, Alex. Nous avons un programme plutôt excitant ici, aujourd'hui. Le nom de l'heureux gagnant de notre concours doit être annoncé d'un instant à l'autre…

— Je ne pourrai pas rester longtemps, se hâta de préciser Alex.

Il le savait d'expérience : à chacune de ses visites, son père revenait à la charge et essayait en douce de le convaincre de démissionner pour rejoindre les *Baronessa Gelati*.

Déçu, Carlo fronça un bref instant ses sourcils broussailleux.

— Eh bien, dans ce cas, que se passe-t-il ?

— Je crois que je le sais déjà ! répliqua Moira.

Elle leva des yeux songeurs vers Alex et précisa :

— Rita m'a téléphoné hier.

Carlo haussa les épaules et s'avança vers le bar.

— Tss… Moira, tu discutes tous les jours avec chacun de tes enfants… Qu'est-ce que cet appel avait donc de spécial ?

Moira secoua la tête et considéra son mari d'un air attendri.

— J'ai essayé de t'en parler hier soir, mais bien entendu, monsieur était trop occupé au téléphone pour m'écouter !

Carlo remplit un verre de chardonnay à son intention, un autre de whisky, et déboucha une bière glacée pour Alex. Il se dirigea ensuite vers la partie de la pièce aménagée en salon, un plateau à la main. En passant, il déposa sur la joue de son épouse un baiser furtif.

— Il fallait que je m'entretienne d'urgence avec mes distributeurs de la côte Ouest…

Moira lui sourit affectueusement.

— Il y a des choses plus importantes que les affaires dans la vie, Carlo, dit-elle en couvant son fils d'un regard soucieux.

Alex se rembrunit.

Il alla néanmoins de bonne grâce s'installer sur le canapé en face de ses parents. Les Barone mari et femme avaient adopté leurs places favorites : côte à côte. Ainsi qu'ils en avaient l'habitude depuis le jour de leur mariage, ils présentaient un front uni quoi qu'il arrive. En restant ainsi groupés, ils avaient réussi à élever huit enfants et à monter à partir de zéro une entreprise florissante.

Tous les enfants du clan rêvaient de recréer dans leur propre foyer ce type de relation.

— Alors, fils ! lança Carlo après une lampée de whisky. As-tu compris à quoi ta mère faisait allusion ?

— Non, mais je…

Sa mère l'interrompit.

— A mon avis, Alex est venu nous parler de la jeune femme qui est entrée dans sa vie.

Le visage de Carlo s'éclaira. Au fond, l'homme était un romantique invétéré. « Comme la plupart des Italiens », songea Alex avec un brin d'amusement.

— Une jeune femme… Qui est-ce ? Quand pourrons-nous la rencontrer ? demanda Carlo avant de se tourner vers son épouse. Et toi, pourquoi ne m'as-tu rien dit ?

— J'ai essayé, rappelle-toi, mais… tes distributeurs de la côte Ouest…

Moira ne détachait plus le regard de son fils. Elle tentait sûrement de déchiffrer son expression, mais Alex était très doué pour dissimuler ses sentiments. Alors que ses frères et sœurs les portaient en bandoulière, il avait toujours su les garder pour lui… Sa mère lui avait expliqué un jour que c'était parce qu'il avait tendance à enfouir ses blessures comme ses triomphes au plus profond de lui qu'il était le plus vulnérable parmi ses enfants.

Moira était bien placée pour savoir combien la rupture de ses fiançailles l'avait affecté. Alex la devinait déterminée à s'assurer qu'il procéderait désormais avec prudence dans sa vie amoureuse…

— En fait, commença celui-ci en posant devant lui sur la table basse la bouteille de bière à laquelle il n'avait pas encore touché, je suis simplement passé vous dire que… Enfin… Je suis venu vous parler de Daisy.

Au bout du compte, le coup de fil de Rita lui faciliterait peut-être les choses. Il ne serait pas nécessaire de raconter toute l'histoire à ses parents, puisque sa sœur s'en était chargée avant lui.

— Elle se nomme donc Daisy ? releva Carlo, l'air ravi. Est-ce qu'elle est d'origine italienne ?

— Non. Son nom de famille est Cusak.

— Elle est serveuse Chez Antonio, précisa Moira. N'est-ce pas, Alex ?

— C'est exact.

Le patriarche se raidit à peine.

— Le restaurant des Conti ? Bah, aucune importance, décréta-t-il en agitant la main.

La sonnerie stridente du téléphone interrompit l'entrevue. Visiblement contrarié, Carlo Barone se leva pour aller répondre, tout en lançant par-dessus son épaule :

— Tant que tu l'aimes, fils, cela me suffit !

« Mais je n'ai jamais dit que je l'aimais ! » s'insurgea Alex en son for intérieur.

L'avait-il seulement *pensé* ? Il s'était à peine avoué du bout des lèvres qu'il tenait beaucoup à Daisy. Oui, elle lui inspirait un désir fou qui le tourmentait depuis des semaines maintenant… Mais l'amour ? Alex n'aurait su le dire.

De plus en plus troublé, il fit tourner la bouteille entre ses doigts et étudia l'étiquette avec intensité, pour le cas improbable où celle-ci fournirait quelques réponses à l'afflux de questions qui se bousculaient dans sa tête.

— Alex…, appela doucement sa mère en posant la main sur son bras.

Il releva vivement la tête.

Le regard vert perçant auquel il s'était fié toute sa vie trahissait une vive inquiétude. Alex n'en fut pas autrement surpris — Moira Reardon Barone avait le don de se connecter directement sur les émotions de ses enfants. Au premier coup d'œil, elle distinguait lequel avait besoin qu'elle le serre dans ses bras, et lequel réclamait plutôt qu'elle le pousse à agir.

— Rita m'a parlé de ta relation avec Daisy. Elle m'a parlé du bébé, aussi.

— Ma chère sœur ferait mieux de s'occuper de ses propres affaires…

— Sa démarche partait d'un bon sentiment.

— C'est une vraie fouine ! se récria Alex, à bout de nerfs.

— Tu n'as pas tort, concéda sa mère avec un sourire. Mais elle t'aime beaucoup.

Il poussa un soupir las.

— Je sais, maman.

— Et si tu aimes Daisy, je m'en réjouis pour toi. Mais, ajouta Moira avant qu'il ait eu le temps d'ouvrir la bouche, je veux que tu réfléchisses à une chose.

— Laquelle ?

— Eh bien… J'ai cru comprendre que tu t'étais attaché à l'enfant de Daisy…

— Je constate que Rita ne t'a épargné aucun détail.

Sa mère esquissa un sourire patient. Alex comprit qu'elle lisait en lui à livre ouvert, et qu'il était vain d'essayer de s'en tirer par une pirouette.

— Oui, confirma-t-elle sans se démonter, je connais toute l'histoire. Tu nous as parlé toi-même de ce nouveau-né dès le premier soir, tu te rappelles ? Quand les filles et toi avez aidé Daisy à le mettre au monde ?

— Si je m'en souviens ? Tu plaisantes ?

— Alex, le lien qui se forge entre ceux qui partagent des moments aussi exceptionnels est très puissant, mais par la suite il risque de se révéler trompeur. Il peut embellir les émotions, masquer les vraies questions…

Alex serra les dents.

— Il ne s'agit pas seulement d'Angel, maman.

— J'en suis certaine, affirma Moira. C'est sur un point précis que je souhaite attirer ton attention. Réfléchis bien, mon fils : est-ce Daisy que tu aimes ? Ou est-ce la simple idée d'avoir une famille à toi qui t'attire ?

Comme il se taisait, elle retira sa main et secoua la tête.

— Ne prends pas cet air buté ! C'est une question franche et honnête, et je te conseille d'y réfléchir sérieusement. Pour ton bien et pour celui de Daisy. Sans parler de la petite…

Cédant à la nervosité, Alex se leva et considéra sa mère en silence.

Moira demeura imperturbable. Voilà longtemps que sa mère côtoyait des tempéraments volcaniques comme le sien. Venant d'une famille d'Irlandais aussi têtus, sinon davantage, que les Barone, elle avait appris depuis belle lurette à tenir tête à son entourage sans céder un pouce de terrain.

— Si ce que tu ressens n'est pas véritablement de l'amour, Alex, reprit-elle, non seulement tu seras ta propre dupe, mais en plus tu escroqueras Daisy de ce que chacun est en droit d'attendre de la vie…

Alex se passa la main sur le visage. L'argument de sa mère était parfaitement raisonnable…

Restait un problème, un seul. Enfin, il se décida à formuler la question qui le taraudait.

— Comment suis-je censé savoir si c'est de l'amour ? Je croyais déjà être amoureux la dernière fois ! Pourtant, quand ma fiancée m'a quitté, je m'en suis vite consolé…

Se levant à son tour, Moira étreignit son fils dans ses bras avant de reculer d'un pas.

— Il n'existe pas de signe annonciateur, vois-tu. Les coups de tonnerre, les feux d'artifice…, c'est de la littérature. Chacun avance à l'aveuglette, guidé par son intuition. La vérité ? Tu la portes au fond de toi, dans ton cœur. Ton âme sait. Si c'est de l'amour, elle te le fera comprendre.

— Et si je n'en suis toujours pas sûr ?

— Alors, tu auras la réponse que tu cherches. N'est-ce pas ?

— C'est que… je tiens à elle.

« Tenir » ?

Ce terme parut soudain à Alex tellement… pauvre. Il ne rendait pas l'intensité des sentiments qu'il éprouvait pour Daisy. Et pour Angel… Il ne concordait pas avec les rêveries enfiévrées, parfaitement déraisonnables, qui étaient devenues son lot quotidien depuis quelque temps.

— C'est une évidence, convint Moira d'une voix douce. Mais la question est : jusqu'à quel point ?

Avant qu'Alex ait pu lui répondre, son père raccrocha le téléphone et lança :

— Moira ! Nous tenons notre gagnante ! C'est une jeune femme nommée…

Il consulta ses notes.

— … Holly Fitzgerald.

Moira sourit à son époux.

— Vive les Irlandais !

On frappa à la porte.

Daisy se dirigea vers l'entrée, le cœur lourd. Elle ne savait plus quoi faire ni que penser… Alex faisait à présent partie de sa vie. Il tenait la vedette dans ses rêves, la nuit, le jour… Et cependant, tant d'obstacles les séparaient ! Comment imaginer qu'ils puissent faire route ensemble ?

Elle ouvrit le battant — et sa bouche devint sèche lorsqu'elle leva les yeux sur son visiteur. Pour le restant de sa vie, quand bien même elle devrait ne plus jamais le revoir, il lui suffirait de fermer les yeux pour convoquer en pensée ce regard noir et la fixité incandescente de ses prunelles, où crépitait une flamme tentatrice…

Alex se frotta la tempe et jeta un bref coup d'œil derrière lui vers le couloir désert avant de reporter son attention sur la jeune femme.

— Daisy… Il faut que je te parle.

« Un adieu », traduisit aussitôt Daisy.

Il n'avait pas besoin de prononcer le mot fatidique. Celui-ci flottait entre eux en suspension dans l'air, comme un couperet n'attendant qu'un signe pour s'abattre. Le cœur de Daisy, doucement, commença de se décomposer, tandis qu'une voix dans sa tête pleurait déjà la fin d'une chimère ensorcelante.

— Bien sûr, dit-elle, tête basse, en s'effaçant devant lui.

Autant en finir au plus vite et abréger ainsi les souffrances, n'est-ce pas ? Au prix d'un effort méritoire, la jeune femme releva bravement le menton, tel un boxeur prêt pour le K.O. final.

Cette scène de rupture, Daisy la voyait venir depuis des semaines. Elle s'était même exhortée à s'y préparer par avance… Le moment était venu. Et voilà que la douleur perlait en elle, enflait et se propageait dans son corps au point qu'elle éprouvait déjà toutes les peines du monde à respirer.

L'envie la tenaillait de se jeter dans les bras d'Alex et de l'embrasser. Elle lui chuchoterait à l'oreille, sur le ton de la confidence, qu'elle avait rendu visite à son médecin. Que ce médecin l'avait déclarée apte à reprendre une vie sexuelle normale… Elle l'inviterait alors à lui faire l'amour, quémandant ses caresses avec audace avant de l'accueillir en elle. Enfin, elle s'emplirait de sa présence jusqu'à ne plus pouvoir être seule, jamais…

Mais de n'être pas prononcées, les paroles de Daisy crevèrent comme des bulles. Faire l'amour avec lui pour, après, le laisser partir ? C'était impensable. Elle n'en était pas capable ! A quoi bon s'infliger le supplice de visiter une fois un paradis dont la porte lui serait ensuite définitivement interdite ? Sa peine serait insurmontable.

Mieux valait se quitter maintenant.

Alex traversa le salon. L'énergie que dégageait sa présence emplit l'espace confiné, le réduisant à une peau de chagrin. Ravalant un sanglot, Daisy tenta désespérément de recouvrer son calme tandis que son regard enregistrait malgré lui les moindres détails de cette silhouette virile, les longues jambes gainées dans le denim, les *boots* de cuir éraflé qui la grandissaient encore, le rouge sombre de la chemise dont l'encolure s'ouvrait sur un éclat de chair comme pour appâter l'œil…

Quant au visage, il paraissait plutôt troublé. La gorge de plus en plus nouée, Daisy comprit qu'elle n'allait pas apprécier ce qu'Alex s'apprêtait à lui dire.

— Où est Angel ? demanda-t-il.

La question la prit au dépourvu.

— Elle dort, répondit-elle d'une voix incertaine.

Elle regretta soudain que sa fille ne soit pas là, petit corps tout chaud auquel se raccrocher pour ne pas sombrer. Puis un sentiment de honte l'envahit. Se cacher derrière son propre enfant… C'était un réflexe indigne.

— Oh ! murmura Alex en se massant la nuque. J'espérais la voir avant de…

Il s'interrompit et baissa les yeux.

— Avant de partir ? acheva Daisy à sa place.

Elle se félicita tout bas d'avoir eu le courage de formuler la chose sans que sa voix ne se brise.

Alex ne dit mot. Il avait l'air malheureux. Sauf erreur, une lueur de compassion s'était allumée dans son regard… Mais elle n'en avait que faire, de sa pitié ! Surtout, qu'il n'aille pas se sentir navré pour elle. Tout irait bien. Elle avait survécu à la désertion de Jeff ; cette fois encore, elle se remettrait.

N'avait-elle pas l'habitude de se débrouiller seule, en ne comptant que sur elle-même ? Allons donc ! Avec le temps, elle saurait surmonter ce nouveau coup du sort, même si aujourd'hui le courage lui manquait en constatant que se vérifiaient ses pressentiments les plus funestes.

Alex s'approcha d'elle.

— Je n'ai pas envie de partir, Daisy.

En sentant la chaleur des grandes mains sur ses bras nus, Daisy regretta d'avoir opté ce matin pour un T-shirt à manches courtes. En même temps, elle n'était pas dupe. L'épaisseur d'un chandail ou d'une parka n'y aurait pas suffi — les caresses d'Alex irradieraient toujours jusqu'au tréfonds de ses os.

Se cuirassant contre l'effet dévastateur de son contact, elle se força à reculer d'un pas, hors de sa portée.

— C'est tout naturel, renchérit-elle, conservant résolument une légèreté de ton qu'elle était à mille lieues de ressentir. Tu es gentil, généreux… Mais nous savions l'un et l'autre que tu partirais un jour, quand ta permission serait terminée.

— Elle ne l'est pas encore.

— Quoi ?

— Il me reste dix jours. Je vais passer quelque temps dans ma famille, à Harwichport.

Daisy croisa les bras et serra fort, très fort.

Lucide dans sa souffrance, elle savait exactement ce qu'Alex était en train de faire. Dans sa volonté de ne pas la froisser, il pouvait toujours se faire des illusions, s'imaginer que cet au-revoir n'était que provisoire — pourtant il s'agissait bel et bien d'un adieu. Alex s'éclipsait en douceur, voilà tout, sur la pointe des pieds, en essayant d'arrondir l'inévitable…

Seulement, ces précautions ne servaient plus à rien. Car le savoir sur le départ l'amenait enfin à comprendre la vérité. Aussi pénible fût-elle.

Elle aimait Alex Barone.

Et elle était sur le point de le perdre…

Déjà la tristesse perçait sous l'amertume. Il ne lui restait désormais qu'à se cramponner aux derniers lambeaux de sa fierté, en laissant Alex dans l'ignorance de son amour.

A aucun prix, elle ne devait lui révéler que cette rupture la crucifiait.

Car si par malheur un tel aveu lui échappait, Alex risquait de lui tourner le dos, de rejeter, ainsi que l'avait fait Jeff, ce cœur qu'elle lui offrait. Et la blessure, alors, ne cicatriserait jamais. Le plus sage était de garder ses sentiments pour elle, et de laisser croire à Alex qu'elle s'accommoderait vaille que vaille de son départ.

Elle acquiesça donc d'un signe de tête.

— Bien sûr, je comprends que tu veuilles séjourner parmi les tiens avant de reprendre la route.

Une nouvelle fois, elle s'enorgueillit en son for intérieur de faire front avec une telle assurance.

— Je serai de retour dans quelques jours, précisa Alex.

Daisy lui décocha un sourire qui lui coûta ses dernières forces.

— Tu sais où me trouver, dit-elle.

Oui, elle serait là, dans ce même appartement, avec Angel. Seulement, Alex ne frapperait plus à sa porte, elle le savait.

Il allait retrouver son clan, là-bas, et son monde à lui. Bientôt, Daisy Cusak et sa fille glisseraient incidemment dans l'oubli. En un rien de temps, cette parenthèse enchantée ne serait plus pour lui qu'un souvenir plaisant, de plus en plus lointain…

Mais jamais il ne saurait qu'il lui avait fendu le cœur.

12.

Au bout de quatre jours, Alex avait l'impression de perdre l'esprit.

Sa famille lui était chère, sincèrement. Lors de ses précédentes permissions, en revenant à Boston, il ne manquait pas de passer le plus de temps possible auprès de ses frères et sœurs et de ses parents, tant était impérieux le besoin de faire le plein de force et de chaleur humaine au sein de son clan…

Aujourd'hui cependant, le cœur n'y était pas.

Toutes ses pensées allaient à Daisy. Il se demandait si, de son côté, elle pensait à lui, si son absence lui pesait. Souhaitait-elle le voir revenir ? A moins qu'elle ne fût au contraire soulagée d'être débarrassée de lui… Et Angel, la cacahuète qui lui avait ravi le cœur dès sa venue au monde, en une poignée de secondes… Avait-elle changé ? Comment savoir si elle était suffisamment mature pour s'apercevoir qu'il était sorti de sa vie ! En grandissant, elle ne se rappellerait peut-être même pas qu'il avait, à sa manière, participé à sa naissance, et qu'il l'avait aimée comme… comme un père.

— Non !

Le cri avait franchi ses lèvres avant qu'Alex ait compris ce qui se passait.

Il écouta son écho résonner en lui. Guetta l'effet que ce cri libérateur produisait sur lui…

Instantanément, la vérité lui apparut dans toute sa splendeur.

Secouant la tête, il s'approcha de la fenêtre de cette chambre qui avait été la sienne dans son enfance. Au-delà du reflet d'un visage bouleversé que lui renvoya la vitre, il regarda fixement l'horizon dans la direction de Boston, la ville où résidait Daisy et dans laquelle était demeuré son cœur.

— Je l'aime !

C'était si simple. D'une facilité déconcertante ! Il suffisait donc d'énoncer les mots pour en accepter l'augure…

Une onde de plaisir déferla en lui, si exaltante qu'il en fut tout retourné.

— Tu en es sûr ?

Alex se retourna vivement. Sa mère se tenait sur le seuil de la chambre et le regardait.

— Oui, répondit-il en lui rendant son sourire. Oui, j'en suis certain !

— Alors pourquoi es-tu encore ici ?

— Parce que je suis trop stupide ! répliqua Alex en se détachant de la fenêtre.

— Alors, tout va bien, décréta Moira. Les femmes savent traiter avec des hommes stupides. Et surtout leur pardonner.

— J'espère que tu as raison.

— En général, je ne me trompe pas. Demande donc à ton père !

Alex courut embrasser sa mère et sortit de la chambre en coup de vent.

Sa décision était prise. Il ne perdrait pas une minute de plus et irait retrouver Daisy ventre à terre pour lui déclarer son amour. Ensuite, il lui proposerait de devenir sa femme et elle dirait oui. Il le fallait. De toute manière, il ferait tout pour.

— Il me tarde de connaître Daisy ! lança Moira dans son dos. Ainsi que ma nouvelle petite-fille !

***

Ce soir-là, Daisy dut fournir un effort plus important que d'habitude pour se concentrer sur son travail.

La tâche n'était pas facile. Une foule compacte se pressait Chez Antonio, et ses pensées s'obstinaient à dériver… Elle avait pourtant repris son poste avec soulagement. S'activer pour ses clients se révélait plus gratifiant que de rester assise sur le canapé du salon à se morfondre en ressassant les souvenirs. Ici, au moins, elle n'avait plus le loisir de broyer du noir en permanence.

Unique éclaircie dans la tempête, elle avait conclu un arrangement avec Joan : elles étaient convenues de se relayer au restaurant et à l'appartement. Ainsi Joan veillait-elle sur Angel pendant le service de Daisy. Ce système avait l'avantage de lui ôter le souci de la garde du bébé, au moment où elle tentait contre vents et marée de garder le cap au quotidien.

A sa grande joie, l'hôtesse d'accueil fit asseoir un nouvel arrivant solitaire à l'une des rares tables vides dans la zone qui lui était dévolue. « Un client de plus pour m'occuper l'esprit ! », songea Daisy avec satisfaction en s'approchant, carnet de commandes en main.

— Bonsoir…

Ses doigts se crispèrent autour du crayon. Trop tard. Le piège d'obsidienne s'était refermé sur elle.

Dans sa poitrine, son cœur se mit à battre la chamade.

— Qu'est-ce que tu fais là ? articula-t-elle, le souffle court.

— Je suis passé chez toi. Joan m'a dit que tu travaillais au restaurant, ce soir.

— Mais… Pourquoi es-tu venu ?

— A ton avis ? Pour dîner.

— *Dîner* ?

— Enfin, ce n'est qu'un début, précisa Alex.

Daisy le contempla un instant sans mot dire, prenant le temps d'absorber cette vision aussi imprévue que déroutante, et décida en son for intérieur de rester sur ses gardes. Cette réapparition soudaine ne signifiait rien d'autre qu'un mauvais, un très mauvais moment à passer.

— Alex…

— Je prendrai le veau *alla parmigiana*, s'il te plaît. Avec un café.

Opinant, Daisy lui arracha le menu des mains.

Monsieur était d'humeur à plaisanter ? Qu'à cela ne tienne ! S'il était capable de jouer à ce petit jeu, elle ferait front et s'occuperait de ce client ainsi que l'exigeait son métier, comme si de rien n'était. Une fois rassasié, Alex quitterait le restaurant. Avec un peu de chance, il éviterait à l'avenir de croiser sa route — du moins jusqu'à ce qu'elle soit totalement guérie de lui. Ce qui, au bout du compte, ne devrait prendre qu'une dizaine d'années tout au plus…

Les deux heures suivantes, c'est à peine si Daisy les vit passer. Tel un aigle attaché à sa proie, le regard d'Alex demeura vrillé sur elle en permanence. Tour à tour en feu et glacée d'épouvante, Daisy commit dans les commandes de sa zone plus d'erreurs que lors de ses débuts dans la profession. Enfin, son service terminé, elle se décida à aller récupérer l'addition d'Alex avec son paiement, et demeura interdite devant le billet de cinquante dollars qu'il lui laissait pour solde d'un total de vingt-cinq.

— Je ne veux pas de ton argent, déclara-t-elle d'une voix tendue.

Abandonnant sur la table soucoupe et billet, elle tourna les talons et traversa la salle d'un pas martial.

Alex la rattrapa sur le seuil qu'elle venait de franchir. La saisissant par le bras, il l'obligea à se retourner pour lui faire face.

— Pourquoi me fais-tu ça ? s'exclama-t-elle en écartant une mèche de son visage. Pourquoi es-tu revenu ?

— Tu m'as manqué, voilà pourquoi.

Tu m'as manqué. Quatre mots seulement, qui s'insinuèrent doucement dans son cœur. Le chagrin qui s'était logé à cet endroit précis depuis des jours s'évapora comme par enchantement…

Elle leva les yeux, s'efforçant de négliger les sensations que faisait naître sur sa peau le contact de cette main.

— Alex…

— Il fallait que je te revoie !

— Ce n'est pas une bonne idée.

— Au contraire. C'est la seule bonne idée qui me soit venue au cours des cinq derniers jours.

— Ne me fais pas ça, répéta-t-elle un ton plus bas. Ne *nous* fais pas ça…

— Justement, murmura Alex. Nous sommes deux dans cette histoire, Daisy. Il y a un « nous », que cela nous plaise ou non !

Il lui effleura la joue, du bout des doigts. Daisy frissonna. Son cœur se serra si fort qu'elle s'interrogea fugitivement sur son degré de résistance aux chocs.

La touffeur de l'été les enveloppait, les propulsant l'un vers l'autre comme les deux pôles d'un aimant. Daisy avait perdu le souffle, pire : elle ne *voulait* plus respirer, tout à coup. A quoi lui aurait servi l'oxygène alors qu'elle pouvait s'abreuver de la force d'Alex à travers son regard ? La puissance de son âme s'accordait à la sienne…

— Et maintenant ? souffla-t-elle.

Pour toute réponse, le magicien s'inclina et l'embrassa goulûment avant d'esquisser un sourire mutin.

— Chez toi, trancha-t-il. Tout de suite !

Par la suite, Daisy ne devait garder aucun souvenir de l'itinéraire qu'emprunta le chauffeur du taxi pour les conduire jusqu'à l'appartement. La circulation dense sur la chaussée, comme la foule des touristes sur les trottoirs, s'étaient fondues en une vapeur chamarrée derrière les vitres fermées. Car pendant ce temps, les mains expertes d'Alex vagabondaient sur son corps, et bientôt sous sa jupe, l'entraînant vers de tout autres paysages.

Elles s'en furent prodiguer tant de cajoleries entre ses cuisses, que l'ultime barrière de soie se révéla vite inconsistante. Renversée sur le cuir du dossier, Daisy étouffait de petits cris rauques. Que s'était-il passé ? Elle n'aurait su le dire. Quelques heures plus tôt, elle se désolait en pleurant la disparition d'Alex ; maintenant, ses caresses affamées la clouaient sur la banquette d'un taxi…

Elle résolut de ne pas approfondir la question et de vivre pleinement l'instant, afin de savourer les sortilèges que seul Alex savait créer pour elle.

Ce corps de reine…

Alex ne se lassait pas d'explorer les merveilles qu'il recelait. Profitant de ce qu'ils étaient bloqués à l'arrière de ce taxi lancé dans les rues encombrées de Boston, il se faisait plaisir, et cela tournait au supplice pour l'un et l'autre. Comment avait-il pu se croire capable de quitter Daisy ? Sérieusement, avait-il douté des trésors que cette femme recelait ? A présent, une seule question le taraudait : comment la convaincre de rester avec lui pour toujours.

Le chauffeur s'arrêta en double file devant l'immeuble de Daisy. L'idée traversa brièvement Alex de lui intimer l'ordre de remettre la voiture en route et de continuer à rouler, de sorte qu'il ne serait pas contraint de détacher ses mains du corps de sa compagne. Puis, dans un éclair de lucidité, il comprit qu'il lui faudrait sortir de ce fichu taxi pour lui retirer ses vêtements…

Il fourra donc une liasse de billets dans la main du chauffeur, s'élança sur le trottoir et tendit la main pour inviter Daisy à en faire autant. A la lueur des réverbères, apparut son visage empourpré, avec ses prunelles écarquillées et sa bouche aux lèvres si pleines… Ils pénétrèrent dans le bâtiment au pas de course et, durant l'interminable trajet en ascenseur, ils s'embrassèrent avec tant de fougue que le sang d'Alex se mit à bouillir dans ses veines.

Cinquième étage, enfin.

Jamais le couloir aux couleurs ternes ne lui avait paru aussi long. Daisy se mit à fouiller frénétiquement dans ses affaires, à la recherche de ses clés.

— Dépêche-toi !

— C'est ce que je fais…

La porte s'ouvrit alors à la volée.

Joan les considéra longuement l'un et l'autre sans un mot. Puis, avec un grand sourire, elle s'empara de son sac à main et sortit dans le couloir.

— Angel dort à poings fermés. Bonne nuit, les petits ! lança-t-elle d'un ton malicieux avant de refermer la porte derrière elle.

La seconde suivante, Alex s'appropriait son corps.

Les longs doigts déliés s'en donnaient à cœur joie sur la moindre parcelle de peau qu'elle leur abandonnait. Des lèvres brûlantes prirent le relais…

A chaque contact, Daisy s'embrasait telle une brindille sèche saturée d'essences odorantes.

Contre elle, le corps d'Alex, dur comme le roc, prêt à l'aimer, réduisit peu à peu ses facultés de raisonnement à néant. Elle

160

renonça dès lors à réfléchir, envoya promener le souci du lendemain. Seul le présent comptait. La nuit à venir. Et le plaisir immodéré que suscitaient ces mains divines errant sur sa peau…

Il n'y aurait qu'une façon, croyait-elle naguère, de tempérer le drame du départ d'Alex : se garder de connaître auparavant le bonheur de l'accueillir en elle en faisant l'amour avec lui. Eh bien, elle avait changé d'avis. Ce bonheur, elle aspirait ce soir à le vivre, de tout son être, de toute son âme. Son désir était devenu exigence, et son besoin de le satisfaire, une urgence ne souffrant aucun délai.

En un clin d'œil, Alex défit les boutonnières de son chemisier. La fraîcheur de l'air fit courir un frisson sur ses bras nus, mais un seul regard ardent d'Alex et elle flamba aussitôt.

— Daisy, tu me tues !

Les doigts d'Alex glissèrent entre ses seins, s'attaquèrent aux agrafes du soutien-gorge.

— Oh ! s'exclama-t-elle avec un léger soupir. Pas encore…

Dans leur hâte, ils s'arrachèrent mutuellement les derniers vêtements qui les séparaient. Six longues semaines d'attente trouvaient ce soir leur aboutissement, et rien n'allait assez vite à leur goût. Jupe, chemise, sous-vêtements jonchèrent bientôt le sol. Alex prit alors sa compagne dans ses bras et l'emmena vers la chambre à coucher.

Il la déposa avec délicatesse sur la courtepointe baignée de lune. La blancheur laiteuse du firmament saupoudrait d'argent son opulente chevelure ; sa peau nue scintillait telle une porcelaine fine. Ardente et souple, elle se tourna vers ses bras ouverts et se lova contre lui. Douceur contre fermeté, chaleur contre chaleur, ils se frottèrent l'un contre l'autre, attisant l'incendie qui les consumait…

Avide d'apprendre le modelé de ce corps, Alex promena des mains fébriles sur les rondeurs charmantes de sa compagne. Lorsqu'il se pencha pour happer dans sa bouche la pointe d'un sein, un frémissement la parcourut. Il pinça les lèvres, déclenchant un bref sursaut.

— Alex, s'il te plaît, chuchota-t-elle, cramponnée à ses épaules. J'ai besoin de… de ton…

Ses ongles lui griffaient les omoplates. Il s'empressa de la rassurer.

— Moi aussi, ma belle. Moi aussi…

Arc-boutée dans les bras d'Alex, Daisy le supplia en silence d'accentuer la cadence. Un baiser langoureux tamisa un temps ses ardeurs, mais une arabesque humide sur son sein la fit haleter de plus belle. Tout en bas de son ventre, des doigts entreprenants s'attardaient à l'orée de son sexe, la portant à incandescence…

Et tandis que, là-haut, la bouche d'Alex taquinait ses aréoles avec une affolante habileté, les doigts experts se mirent à interpréter une partition de leur cru. Allant et venant à leur guise au plus profond de son intimité, cajolant avec adresse le petit bourgeon dur tapi sous la toison. Dans sa soif d'assouvissement, elle se mit à chalouper des hanches…

Inondé de couleurs chatoyantes, perdu dans la sensation pure, son esprit divaguait loin, très loin de ce corps agité de soubresauts. Ne voulant pas être en reste, ses propres mains partirent en exploration dans le dos d'Alex. Ils suivirent le tracé de la colonne vertébrale, de la nuque jusqu'au bas des reins, puis remontèrent se poser un instant, pour le plaisir, sur la fermeté excitante des pectoraux. De là, ils glissèrent plus bas et se refermèrent sur un sexe gorgé de sève, frémissant et soyeux.

Alex inspira profondément. Ce qui amena un sourire rêveur sur les lèvres de Daisy. Son amant n'était donc pas plus immunisé qu'elle-même contre les caresses ! Ce soupçon de pouvoir qu'elle détenait sur lui la galvanisa.

A son tour, elle s'ingénia à faire exulter sa chair, par de légers massages d'abord, puis s'enhardissant à mesure. Une plainte sourde monta dans la gorge d'Alex.

— Si tu continues à me toucher comme ça, gémit-il, tout sera terminé plus vite que je ne le prévoyais…

— Viens en moi, ordonna Daisy, resserrant sa prise juste ce qu'il fallait pour lui faire comprendre qu'elle ne plaisantait pas. Tout de suite !

Alex ne se le fit pas dire deux fois.

Toutes les cellules de son corps partageaient le vœu que Daisy venait d'exprimer sans équivoque. Tout compte fait, au terme de ces longues semaines d'abstinence forcée, la flânerie gourmande des préludes amoureux n'était sans doute plus de mise. La nature — violente, brutale, exquise — devait reprendre ses droits. Sans plus attendre, il se glissa entre les cuisses de Daisy avec un soupir de jouissance. Elle ondula tout de suite en réponse…

Il s'insinua en elle, les yeux rivés à son visage tant il craignait de lui faire mal, et ne relâcha son souffle qu'une fois profondément enfoui dans sa chaleur, rassuré par son expression béate.

— Je ne suis pas fragile, chuchota-t-elle, posant les mains en coupe sur ses joues. Je ne me briserai pas en mille morceaux…

— Tu en es certaine ?

— Oui. A moins que tu n'aies l'intention de t'arrêter ?

— Aucune chance, ma belle.

Il se dressa sur les coudes et, d'un coup de reins, l'emplit complètement. Comme elle chaloupait, il accéléra le rythme, donnant libre cours à l'énergie concentrée en lui. Les chevilles verrouillées autour de lui, Daisy l'invitait à la combler plus intensément encore, jusqu'au moment où ils ne formèrent plus qu'une seule et même entité. Toutes limites entre eux étaient abolies, et c'était bon, terriblement bon.

L'évidence frappa Alex dans un éblouissement.

Sa place était ici.

Il avait enfin découvert le lieu qu'il cherchait sans le savoir depuis toujours.

C'était là, c'était en elle. Dans le corps de Daisy et dans son cœur. Il se pencha pour capturer sa bouche, entrouvrir ses lèvres, goûter ses soupirs…

Lorsque le premier spasme la prit, loin de se détacher d'elle, il absorba les gémissements qu'elle ne parvenait plus à contenir et se les appropria comme un dû.

Cramponnée aux épaules d'Alex, Daisy répondit à son ardeur avec une fièvre qu'elle ne se connaissait pas. Les baisers qu'ils s'échangèrent témoignaient d'un désir brut, presque désespéré.

Cet homme représentait tout pour elle. Il était la somme de ses espoirs et de ses rêves les plus fous. Une houle de sensations indescriptibles la soulevait ; elle comprit soudain qu'elle ne serait plus jamais la même. Serrant son amant dans ses bras, elle laissa la magie la prendre et l'emporter de crête en crête vers une jouissance partagée…

Beaucoup plus tard, lorsque Daisy rouvrit les yeux, le plafond s'était inexplicablement paré d'une profusion d'étoiles.

Son amant était encore enfoui en elle, bras et jambes drapés autour de son corps. Sur une inspiration tremblante, la jeune femme s'efforça d'imprimer dans sa chair la sensation de ce poids qui la pressait contre le matelas. Il fallait qu'elle se délecte de la moindre caresse, du moindre souffle, et qu'elle se souvienne de tout… Cette nuit devait entrer vivante dans sa mémoire.

Car, après le départ d'Alex, que resterait-il ici de lui, sinon de pâles réminiscences ?

— Je t'aime, Daisy, souffla alors le magicien, les lèvres contre sa gorge.

Daisy se figea.

Son cœur cessa net de battre dans sa poitrine, elle ne fut même plus très sûre de parvenir à respirer.

Ces paroles…

Si seulement elles avaient un sens ! Si elles s'ancraient dans une vérité profonde ! Mais il restait à Daisy trop de lucidité pour se laisser abuser. Alex avait parlé sous le contrecoup du choc qu'ils venaient de vivre ensemble, voilà tout.

— Quand dois-tu partir ? demanda-t-elle.

Alex releva la tête et la dévisagea, le regard plein de confusion.

— Dans moins d'une semaine. Daisy… Tu as entendu ce que je viens de dire ?

— Tu vas me manquer, soupira la jeune femme.

Elle posa la main sur sa joue et caressa d'un air rêveur l'ombre de barbe qui la rendait un peu rêche.

L'air tout à fait contrarié maintenant, Alex se hissa sur un coude et emprisonna ses doigts.

— Tu ne m'as donc pas entendu ? J'ai dit : « Je t'aime, Daisy » !

— Si, j'ai entendu.

Cela lui coûta, mais elle détourna le regard, dans une tentative éperdue pour accrocher un élément quelconque du décor plutôt que les yeux sombres vrillés sur elle. Un trou noir s'ouvrait, béant, à l'intérieur d'elle-même.

Par miracle, elle parvint à conserver une voix égale.

— Nous savons toi et moi que tu ne le pensais pas sérieusement.

— Ah ? fit Alex, glacial. Et qu'est-ce que je pensais, au juste ?

— Eh bien… Que c'était très agréable, tout à l'heure…

— Ce n'était pas « agréable », c'était merveilleux ! Je t'aime, Daisy, répéta-t-il.

— Alex, arrête, je t'en supplie.

Elle tenta de se dégager en repoussant son torse à deux mains — en vain. Il ne bougea pas d'un pouce. Daisy se risqua alors à croiser son regard, et le regretta aussitôt. Les prunelles noires ne recelaient plus la moindre étincelle de désir ; seule une émotion profonde, mâtinée de colère, les remplissait.

Loin de la relâcher, Alex se mit brusquement à genoux sur le lit et entraîna dans le mouvement leurs corps enlacés. Daisy se retrouva prise au piège, scellée aux cuisses de son amant tel un papillon épinglé dans la vitrine.

— Essaierais-tu de me faire croire que tu ne m'aimes pas ? s'enquit-il à voix basse, le visage empreint d'une gravité inattendue. Parce que si telle est ton intention, tu as perdu d'avance.

— Je n'ai pas dit ça, rétorqua Daisy, rejetant d'un geste rageur ses longues mèches vers l'arrière.

De nouveau, elle tenta d'échapper aux grandes paumes brûlantes qui la maintenaient fermement aux hanches. Mais la franche érection d'Alex lui interdisait toute fuite, et son trouble s'accrut.

Par défi, elle releva le menton.

— Mes sentiments pour toi n'entrent pas en ligne de compte…

— Je veux les connaître, répliqua Alex, imperturbable.

— Mais tu vas partir, et moi…

— Oui ?

— Moi, je vais rester là.

Alex poussa un soupir affligé.

— Je sais qu'être la femme d'un officier de la marine n'a rien d'une sinécure, mais…

Daisy considéra son amant d'un air ahuri. Avait-il perdu la tête ?

— Tu as bien dit la *femme* d'un officier ?

— C'est bien à cela que je pensais… Qu'est-ce que tu t'imaginais au juste ?

— Tu es fou !

Elle joua des hanches pour se déprendre de lui. Seulement, elle avait mal calculé son coup. Sa position ne jouait pas en sa faveur. Des ondes de chaleur se propagèrent dans son corps à la vitesse de l'éclair. En représailles, Alex la gratifia d'un vigoureux coup de reins…

Un vertige l'emporta. Elle dut s'accrocher aux épaules de son assaillant pour ne pas vaciller…

Alex étouffa un grognement de plaisir. Sa compagne roulait maintenant contre lui au rythme des pulsations qui la traversaient.

— Je veux que tu m'épouses, déclara-t-il d'une voix altérée.

— Tu n'as pas envie de m'épouser…

— Et pourquoi, je te prie ?

Il aurait pu exiger d'elle qu'elle cesse de bouger, tant les ondulations de leurs sexes mêlés lui tournaient la tête et l'empêchaient de se concentrer. Pourtant il n'en fit rien.

C'était délicieux.

— Parce que tu es un Barone, et moi, une serveuse, répondit Daisy dans un souffle.

— Et alors ?

Elle se cabra, déclenchant d'autres étincelles devant les yeux d'Alex.

— Cela ne marcherait pas, c'est tout !

La colère d'Alex se dissipa comme par enchantement. Il venait de comprendre qu'elle essayait seulement de le protéger de lui-même.

— Tu es serveuse dans un restaurant et ma famille fabrique des crèmes glacées, raisonna-t-il. La combinaison me paraît idéale.

— Ne dis pas n'importe quoi…

— Je dis ce que je pense, toujours. Tu devrais le savoir, à présent.

— Mais…

— Mais rien. Contente-toi de répondre à ma question. Est-ce que tu m'aimes, oui ou non ?

Daisy en demeura coite.

Le regard émerveillé, vaguement perdu, de la jeune femme éperonna le désir d'Alex. Ses doigts fusèrent vers le renflement des seins, flattèrent leur ronde plénitude, en pétrirent les pointes jusqu'à la faire crier grâce…

— Oui ! haleta-t-elle. Oui, je t'aime. Longtemps, j'ai essayé de m'en empêcher, mais…

— Alors, épouse-moi, chuchota Alex en approchant les lèvres d'un mamelon qui pointait. Epouse-moi et mets fin à mes tourments.

Assaillie de sensations, Daisy secoua la tête, dans un effort désespéré pour recouvrer ses esprits et former des pensées cohérentes.

— Angel, balbutia-t-elle. J'ai aussi une petite fille qui…

Alex referma les mains autour de son visage.

— *Nous* avons une petite fille, Daisy.

Son ton ne souffrait pas la contradiction. Il était impossible de se méprendre sur ses intentions.

— C'est l'enfant de mon cœur, je l'ai aimée dès le moment de sa naissance. Si tu es d'accord, dès que nous serons mariés, j'entamerai les démarches nécessaires pour l'adopter légalement.

Le clair de lune argenté se brouilla soudain. Des larmes inondèrent les yeux de Daisy. Cette nuit, décidément, resterait à jamais gravée dans sa mémoire.

— Alex…

Mais un petit cri venu de l'autre bout de l'appartement la réduisit subitement au silence.

Cette fois, lorsqu'elle s'écarta de lui, Alex ne chercha pas à la retenir. Elle quitta le salon et passa dans la chambre d'enfant qu'ils avaient pris tant de plaisir à réaménager ensemble, Alex sur ses talons.

Angel était couchée sur le coté, les yeux mi-clos. Elle produisait de ces petits miaulements inconscients propres à faire fondre le cœur de tous les parents du monde. D'une main légère, Daisy caressa le dos de sa fille, chuchotant quelques mots de tendresse qui l'apaiseraient et la renverraient vers un sommeil sans rêve.

Alex l'entoura de ses bras. A la lueur tamisée de l'abat-jour fantaisie, ils contemplèrent en silence le petit être qui les avait réunis.

— Epouse-moi, Daisy, répéta-t-il à voix basse contre son oreille. Aime-moi, et nous formerons une famille…

A cet instant précis, elle comprit qu'elle était perdue. Et ce depuis le premier soir, lorsqu'il s'était attablé dans ce box du restaurant des Conti. En cette soirée unique et miraculeuse, sa vie avait amorcé un tournant décisif. Elle avait reçu des dieux un cadeau précieux… Le refuser aujourd'hui serait une erreur — presque un sacrilège.

— Oui, Alex, chuchota-t-elle en se retournant dans ses bras. Je veux être ta femme. Et je t'aimerai aussi longtemps que je vivrai.

Il l'embrassa doucement, avec une infinie tendresse.

Ce fut avec ce baiser riche de serments mutuels que la jeune femme se laissa entraîner derechef vers la chambre à coucher.

Cette fois, en s'étendant près de sa compagne, Alex sentit que son cœur débordait. Cette femme était son amour, elle était sa vie. Alors, dans le silence de son âme, il remercia le ciel qui la lui avait envoyée.

Ebloui, il se laissa glisser vers le bas du lit, effleurant du bout des doigts les points les plus sensibles de son corps avec une manière d'adoration.

— Embrasse-moi, Alex, commanda-t-elle, frémissante.

Il sourit.

— J'en ai bien l'intention.

Puis, sans prévenir, il la souleva légèrement aux hanches et plongea la tête entre ses cuisses.

Daisy s'arc-bouta sur le drap.

Son compagnon lui offrait là un baiser d'un genre nouveau, une caresse des plus intimes… Cette audace inattendue la propulsa soudain vers des pics de plaisir qui n'existaient jusqu'alors que dans ses rêves.

Ses yeux se fermèrent, mais elle les écarquilla tout aussi vite, envoûtée par la virtuosité d'Alex. Tandis qu'une langue râpeuse la butinait avec gourmandise, des mains insatiables pétrissaient la chair de ses cuisses. Tous ses sens en émoi, et l'âme chavirée, Daisy largua brusquement les amarres.

Elle n'avait pas seulement trouvé un amant.

Elle avait aussi trouvé un époux, doublé d'un père pour Angel…

Surtout, elle avait découvert la pièce qui manquait à sa vie pour que son cœur exulte. Cette pièce était là, tapie dans l'obsidienne d'un regard.

Tout au fond de son ventre, un feu d'artifice explosa. Entre deux sursauts incoercibles, elle se mit à trembler de tous ses membres et s'entendit supplier :

— Prends-moi, Alex ! Je veux te sentir au plus profond de moi quand tout basculera…

Son désir fut exaucé dans la seconde.

D'une longue et vigoureuse poussée, le magicien atteignit son centre. Et son âme…

Ainsi arrimés l'un à l'autre, ils s'élevèrent ensemble vers le firmament étoilé.

Épilogue

Trois jours plus tard

Ce fut une cérémonie très simple, vite organisée. Par le biais d'une licence spéciale, Alex et Daisy se marièrent dans le jardin de Moira, avec la bénédiction des Barone.

La petite Angel poussa de petits cris tout au long de la cérémonie, mais personne ne lui en voulut — la journée était trop parfaite.

Lorsque Alex glissa un anneau d'or à son doigt, Daisy le regarda droit dans les yeux et sourit. Dans deux jours, il partirait, c'était un fait. Mais dès qu'il aurait reçu son assignation vers une nouvelle base, où qu'elle se trouvât, Daisy l'y rejoindrait avec Angel.

En attendant, cette alliance lui tiendrait le cœur au chaud. Elle puiserait aussi dans sa nouvelle famille sérénité et confiance dans l'avenir.

— Vous pouvez embrasser la mariée, annonça le pasteur d'un ton jovial.

— C'est la meilleure suggestion qu'on m'ait faite de toute la journée ! s'exclama Alex en enlaçant sa jeune épouse.

Daisy noua les bras autour de son cou, non sans jeter un coup d'œil vers Rita qui s'évertuait en vain à calmer le bébé.

— Je crois que ta fille réclame un baiser, elle aussi…

A la mention d'Angel, le visage d'Alex s'illumina. Daisy se demanda si ce sourire-là lui ferait toujours le même effet, jour après jour. Des picotements le long des bras, une boule de feu au fond du ventre… Et le souffle qui s'accélérait…

— Elle devra attendre son tour, lui chuchota-t-il à l'oreille. Pour l'instant, c'est sa maman qui m'intéresse !

— Alors, embrassez-moi, officier…

— Tout le plaisir sera pour moi, madame Alex Barone.

En lui abandonnant ses lèvres, Daisy sentit sa poitrine se gonfler d'amour.

Qu'importe où ils vivraient, combien de pays la marine nationale les enverrait visiter… Elle savait, sans l'ombre d'une hésitation, que son cœur avait d'ores et déjà élu domicile entre les bras de son ange bleu.

Tournez vite la page,
et découvrez,
en avant-première,
un extrait
du nouvel épisode
de la saga

*Les Barone
et les Conti*

DESTINS CROISÉS,
de Katherine Garbera

A paraître le 1er juillet.

Extrait de : *Destins croisés*
de Katherine Garbera

Appartenir à une grande famille italienne n'était pas toujours un privilège, loin de là ! Voilà la remarque que se faisait Joe Barone, sur le point d'aller affronter les journalistes, tandis que Gina lui prodiguait une avalanche de conseils de dernière minute.

— Si quelqu'un s'avise d'évoquer le désastre, lui dit-elle, contente-toi de reconnaître qu'il s'agissait d'une erreur dont *Baronessa* a tiré toutes les leçons, puis passe immédiatement au concours et au nouveau parfum. Je vais voir si la lauréate est arrivée, dit-elle.

Joe regarda sa sœur s'éloigner. Elle avait drôlement changé depuis son mariage avec Flint Kingman. Elle rayonnait d'un bonheur dont les femmes très amoureuses ont le secret.

Lui aussi, il avait connu ce bonheur. Avec Marie. Puis, Marie était morte…

Mais certains souvenirs n'appartenaient qu'au passé et mieux valait les y laisser, pensa-t-il.

Déjà un peu plus de 7 heures… Dire qu'il allait encore travailler toute la journée et sans doute plus de la moitié de la nuit pour assurer le lancement du nouveau parfum ! *Baronessa* avait besoin du coup de fouet que ce concours — qu'il avait d'abord jugé insensé — allait peut-être lui procurer…

Il se trouvait dans les bureaux de la société. Assis dans l'une des salles de conférences du premier étage, il attendait patiemment qu'une maquilleuse ait fini de le préparer à la série d'interviews télévisées qu'il devait donner au cours de la matinée. Et il commençait à comprendre pourquoi son père et son frère Nicholas s'étaient déclarés « surbookés » ce jour-là… Mais l'entreprise familiale valait bien quelques sacrifices, n'est-ce pas ?

Machinalement, il parcourut la salle du regard et un sentiment de bien-être et de reconnaissance ne tarda pas à l'envahir, comme chaque fois qu'il se sentait appartenir aux Barone et à leur empire. Que de chemin parcouru depuis l'époque où *Baronessa* n'était qu'une petite entreprise ! C'était si réconfortant de pouvoir mesurer exactement le progrès accompli…

Et ce rappel quotidien de l'histoire de sa famille répandait un baume sur son cœur abîmé.

Enfin, la plupart du temps…

— Voici la lauréate ! dit Gina en entrant dans la salle de conférences en compagnie d'une autre femme.

Joe sentit sa respiration se bloquer. La femme qui se dirigeait à présent vers lui était petite et mince et rousse. Ses cheveux auburn déferlaient librement sur ses épaules.

Et puis, ce visage en forme de cœur, ces lèvres pleines, ce nez légèrement retroussé… Toutes ces taches de rousseur…

Joe se vantait d'être particulièrement résistant. Il avait survécu à des épreuves qui auraient eu raison de beaucoup d'hommes, même parmi les plus courageux. Mais il n'était pas question qu'il fasse le tour des succursales de sa société en compagnie de cette femme !

Pour une simple et terrifiante raison : elle était le sosie de Marie ! Gina allait devoir se faire une raison et assurer la conférence de presse elle-même.

— Holly Fitzgerald, je vous présente Joseph Barone.

— Enchanté, mademoiselle Fitzgerald, dit Joe en lui tendant la main.

Celle de la jeune lauréate lui parut douce, menue, fragile. Cela faisait bien longtemps — cinq ans — qu'il n'avait pas tenu dans la sienne une main aussi délicate… D'ailleurs, s''il avait survécu si longtemps, c'était en gardant ses distances avec les femmes et en n'acceptant l'intimité de personne, en dehors des membres de sa famille. Alors, impossible de laisser cette lauréate secouer les amarres de son petit monde, même quelques minutes devant la presse.

— Gina, puis-je te parler seul à seul pendant une minute ?

— Qu'est-ce que tu veux me dire ? demanda un peu sèchement Gina. On est pressés, bon sang !

— Cette femme est le portrait de Marie, tu ne t'en es pas aperçue ? En aucun cas tu ne me feras passer la journée en compagnie de quelqu'un qui me rappelle ce que je m'efforce d'oublier…

— C'est bon, elle est presque prête ! lança Flint depuis la salle où l'on maquillait Holly.

— Mais lui, il ne l'est pas ! répliqua Gina en désignant Joe.

— Nous n'avons vraiment pas de temps à perdre ! rétorqua Flint. Il faut que vous alliez tout de suite dans le jardin, la lauréate et toi, afin que votre interview puisse passer sur les journaux télévisés du matin.

Gina s'efforça de convaincre son frère.

— Joe, il suffira de t'en tenir aux informations que j'ai mises en fiches pour toi. Ça n'a rien de personnel.

— Si. Ce n'est pas de l'interview que je te parle mais de la perspective de passer la journée avec cette femme.

— Joe…

A cet instant, Gina fut interrompue par un bruissement feutré de porte qu'on ouvre. Visiblement tendue, Holly Fitzgerald se tenait dans l'encadrement. Et il était clair qu'elle avait entendu une partie de la conversation.

— Moi non plus, je ne passerai pas la journée avec lui, dans de telles conditions !

Le silence se fit de plomb.

— En fait, ajouta-t-elle, tout ce que je demande, c'est mon chèque. Et je serai heureuse de rentrer chez moi aussitôt après.

Ne manquez pas, le 1er juillet,
Destins croisés,
de Katherine Garbera
le volume suivant de la saga des Barone

Vous pouvez le recevoir directement chez vous en nous appelant au 01.45.82.47.47 ou en nous retournant le bulletin-réponse que vous trouverez à la fin de votre livre.

Le nouveau visage
de la collection Or

◆

AMOURS D'AUJOURD'HUI

Afin de mieux exprimer sa modernité et de vous séduire encore davantage, votre collection Or a changé de couverture et de nom depuis le 1er mars 1995.

Rassurez-vous, les romans, eux, ne changent pas, et vous pourrez retrouver dans la collection **Amours d'Aujourd'hui** tous vos auteurs préférés.

Comme chaque mois, en effet, vous y attendent des héros d'aujourd'hui, aux prises avec des passions fortes et des situations difficiles...

COLLECTION
AMOURS D'AUJOURD'HUI :
Quand l'amour guérit des blessures de la vie...

Chère lectrice,

Vous nous êtes fidèle depuis longtemps?
Vous venez de faire notre connaissance?

C'est pour votre plaisir que nous avons
imaginé un rendez-vous chaque mois
avec vos auteurs préférés, vos
AUTEURS VEDETTE dans les
collections Azur et Horizon.

Les AUTEURS VEDETTE vous
donneront rendez-vous pour de
nouveaux livres vedette.

Pour les reconnaître, cherchez
l'étoile... Elle vous guidera!

Éditions Harlequin

HARLEQUIN

LE FORUM DES LECTEURS ET LECTRICES

CHERS(ES) LECTEURS ET LECTRICES,

VOUS NOUS ETES FIDÈLES DEPUIS LONGTEMPS?

VOUS VENEZ DE FAIRE NOTRE CONNAISSANCE?

SI VOUS AVEZ DES COMMENTAIRES, DES CRITIQUES À FORMULER, DES SUGGESTIONS À OFFRIR, N'HÉSITEZ PAS… ÉCRIVEZ-NOUS À:

> LES ENTERPRISES HARLEQUIN LTÉE.
> 498 RUE ODILE
> FABREVILLE, LAVAL, QUÉBEC.
> H7R 5X1

C'EST AVEC VOS PRÉCIEUX COMMENTAIRES QUE NOUS ALLONS POUVOIR MIEUX VOUS SERVIR.

DE PLUS, SI VOUS DÉSIREZ RECEVOIR UNE OU PLUSIEURS DE VOS SÉRIES HARLEQUIN PRÉFÉRÉE(S) À VOTRE DOMICILE, NE TARDEZ PAS À CONTACTER LE SERVICE D'ABONNEMENT; EN APPELANT AU (514) 875-4444 (RÉGION DE MONTRÉAL) OU 1-800-667-4444 (EXTÉRIEUR DE MONTRÉAL) OU TÉLÉCOPIEUR (514) 523-4444 OU COURRIER ELECTRONIQUE: AQCOURRIER@ABONNEMENT.QC.CA OU EN ÉCRIVANT À:

> ABONNEMENT QUÉBEC
> 525 RUE LOUIS-PASTEUR
> BOUCHERVILLE, QUÉBEC
> J4B 8E7

MERCI, À L'AVANCE, DE VOTRE COOPÉRATION.

BONNE LECTURE.

HARLEQUIN.

VOTRE PASSEPORT POUR LE MONDE DE L'AMOUR.

<u>COLLECTION HORIZON</u>

Des histoires d'amour romantiques qui vous mènent au bout du monde!

Découvrez la passion et les vives émotions qu'apportent à la Collection Horizon des auteurs de renommée internationale!

Captivantes, voire irrésistibles, ces histoires d'amour vous iront assurément droit au coeur.

Surveillez nos trois nouveaux titres chaque mois!

♉ ♊ ♋ ♌

♏ **L'ASTROLOGIE EN DIRECT**
TOUT AU LONG
DE L'ANNÉE. ♍

(France métropolitaine uniquement)
Par téléphone 08.92.68.41.01
0,34 € la minute (Serveur SCESI).

Composé et édité par les
éditions Harlequin
Achevé d'imprimer en mai 2004

BUSSIÈRE
GROUPE CPI

à Saint-Amand-Montrond (Cher)
Dépôt légal : juin 2004
N° d'imprimeur : 42240 — N° d'éditeur : 10583

Imprimé en France